아름다운 여름

La bella estate

아름다운 여름

이열 옮김

목차

책 머리에 7

아름다운 여름 16

옮긴이의 말 181

체사레 파베세(Cesare Pavese)

책 머리에

그는 여름에 스스로 생을 마감했다.

1950년 6월, 마흔두 살의 체사레 파베세는 이탈리아에서 가장 권위 있는 문학상인 '스트레가(Strega) 상'을 수상한다. 그러나 그 영광은 오래 가지 않았다. 불과 두 달 뒤인 8월, 파베세는 토리노의 작은 호텔 3층 방을 빌린다. 그는 몇몇 여자들에게 전화를 걸어 식사에 초대하지만 휴가철이라 응답은 드물었다. 며칠 전 그가 만났던 여자는 그의 초대를 차갑게 거절한다. "전 안 갈래요. 당신은 지나치게 우울하고 지루해요."

전화를 끊은 그는 자신의 책 『레우코와의 대화』 첫 장에 짧은 유서를 남기고, 수면제를 삼켰다.

"모든 이들을 용서할게. 그리고 나도 모든 사람에게 용서를 구할게. 됐지? 나한테 너무 뭐라고 하지는 말아 줘."

죽기 몇 달 전, 그는 또 이렇게 적었다.

"우리는 한 여인을 위한 사랑 때문에 자살하지는 않는다. 자살의 이유는 그것이 어떤 사랑이든 간에 그 사랑이 우리의 빈곤함과 비참함, 무방비함, 그리고 허무를 드러내기 때문이다."

지독하게 쓸쓸했고, 지독하게 고독했던 사람. 그러나 그에게 영원한 빛을 부여한 소설의 제목은 아이러니하게도 『아름다운 여름』이다.

체사레 파베세는 토리노를 중심으로 활동한 작가이자 출판사 에이나우디(Einaudi)의 핵심 편집자였다. 파시즘 체제 아래서 사상 사건에 연루되어 수감 생활을 한 뒤 번역과 비평을 통해 미국 문학을 이탈리아에 소개하기도 했다. 그 영향은 이탈로 칼비노를 비롯한 동시대와 차세대 작가들에게까지 이어졌다. 한편 그는 자기 작품 안에서 사회적 현실을 다루면서도 단순히 사회적 리얼리즘으로 환원되지 않는 자신만의 문학 세계를 구축했다. 작품 속에서 끝없이 이어지는 '고독의 리듬'이 바로 그것이다. 파베세는 내면의 공허와 사랑의 실패, 그리고 그로부터 비롯되는 고독을 탐구했다.

체사레 파베세와 배우 도리스 다우링. 그는 지나치게 이상적인 여성만을 사랑했고, 그녀들은 늘 그의 손이 닿지 않는 곳에 머물렀다.

고향인 산토 스테파노의 언덕에서의 파베세. 고향과 도시(토리노)의 대비 또한 소설의 주요 테마가 된다.

도시와 농촌, 다양한 계급과 직업들이 그의 작품에 등장하고 그는 작품 속에서 언제나 존재의 소외, 실패한 입문, 사랑과 죽음의 접점을 응시한다. 그의 소설 속 인물들은 구원을 기다리지만 그것을 얻지 못하고, 냉혹한 깨달음만을 안은 채 세상 속으로 흩어진다. 파베세의 문학은 바로 이 구원 없는 각성의 순간들을 정제된 언어로 포착하는 데 있다.

영화 <아름다운 여름(2023)> 영화 포스터와 스틸컷

『아름다운 여름』은 1949년 발표된 중편소설로 『언덕 위의 악마』, 『고독한 여자들』과 함께 '아름다운 여름 3부작'을 이룬다. 이 작품은 십 대 소녀 지니아가 처음으로 겪는 사랑, 욕망, 그리고 배신의 여름을 담아낸다. 파베세의 다른 작품들처럼 하나의 사건 속에서 삶의 진실이 은근하게 드러난다. 지니아가 겪는 사랑의 열기와 내면의 불안, 세상을 향한 설렘과 두려움, 그리고 사랑의 잔혹함을 통해 얻게 되는 깨달음은 한 개인의 성장 서사를 넘어 개인이 피할 수 없는 고독의 운명을 보여준다.

체사레 파베세의 소설 『고독한 여자들』(Tra donne sole)를 영화화한 미켈란젤로 안토니오니의 영화 <여자 친구들>(La Amiche)

이 소설이 '여름'이라는 계절을 배경으로 하는 것도 의미심장하다. 여름은 눈부신 계절인 동시에 허망하고 덧없는 순간의 은유다. 파베세는 젊음과 사랑, 그리고 여름의 빛나는 시간들은 결국 사라질 수밖에 없는 것, 그러나 그 사라짐이 있기에 비로소 '아름다움'으로 기억되는 것이라고 보았던 것 같다. 그래서 『아름다운 여름』은 성장 소설인 동시에 사라짐과 고독에 관한 소설이다.

이 『아름다운 여름』으로 스트레가 상을 수상한 그해 여름에 자살을 선택한 그의 운명은 이 작품을 수식하는 '아름다운'이라는 단어마저 쓸쓸하게 느껴지도록 만든다.

하지만 이 소설은 오늘날에도 여전히 빛을 잃지 않는다. 『아름다운 여름』은 여전히 전 세계의 많은 독자들이 읽는 소설이며, 2023년에는 라우라 루케티 감독이 연출을 맡아 영화로 제작되었다. 국내에선 아직 파베세의 소설이 많이 번역되어 있지 않아 '체사레 파베세'라는 이름은 대한민국 독자들에게는 여전히 낯선 이름이다. 그의 대표작인 『아름다운 여름』을 통해 파베세 문학의 진수를 느껴보시기 바란다.

우리는 왜 항상 사랑하고, 왜 항상 고독한가? 이 질문에 대한 답을 찾고자 하는 독자들에게 파베세는 맑고 서늘한 언어로 한 여름의 기억을 소환해 줄 것이다.

2025년 9월

녹색광선 편집부

아름다운 여름

1

 그 시절의 삶은, 마치 끝도 없는 축제 같았다. 집을 나서 길을 건너는 것만으로도 우리는 곧잘 제정신을 잃었다. 모든 것이 경이로웠다. 특히 밤은 더욱 그러했다. 죽도록 피곤에 절어 돌아가는 길에도 마음은 여전히 무언가를 갈망했다. 불이라도 나 주기를, 집 안 어딘가에서 아기가 태어나 주기를, 아니면 느닷없이 새벽이 찾아와 사람들이 거리로 쏟아져 나와 주기를. 그리고 우리가 들판을 지나 언덕 저편까지 걷고 또 걷는 날이 오기를.
 "너희는 젊고 건강하잖아. 아무 생각 없는 아가씨들이지." 사람들은 말했다. 우리 중 하나, 날 때부터 다리를 절었고 집에 먹을 것 하나 없던 티나조차도 아무 이유 없이 웃고 있었다. 어느 날 저녁, 다른 아이들 뒤를 따라가던 티나가 문득 멈춰 서서는 울음을 터뜨렸다. 잠든다는 건 바보 같은 짓이고, 그 잠이 기쁨을 누릴 시간을 앗아 갈까 두려웠다는 것이다.

지니아는 그런 발작 같은 순간이 찾아와도 내색하지 않았다. 대신 친구 하나를 집까지 바래다 주며 더 이상 무슨 말을 해야 할지 모를 때까지 말하고 또 말했다. 작별의 순간이 오고 헤어지기 전부터 이미 혼자인 것 같았기에, 지니아는 동반자에 관한 미련 없이 담담하게 돌아왔다.

토요일 밤은 특히 더 찬란했다. 춤을 추고, 다음 날 늦잠을 잘 수 있었으니까. 하지만 그보다 작은 기쁨으로도 충분했다. 어떤 날 아침은 일하러 가는 길에 만나는 작은 길모퉁이에도 충분히 행복했다.

다른 소녀들은 종종 푸념했다. "늦게 들어오면 다음 날 졸려 죽겠어"라거나 "늦으면 혼나"라고. 하지만 지니아는 피곤함이라는 감각을 몰랐다. 야간 근무를 하는 오빠 세베리노는 밤에 일하고 낮에는 늘 잠들어 있었기 때문에 저녁 식사 시간에나 마주쳤다. 정오 무렵(지니아가 들어오면 세베리노는 침대 위에서 몸을 뒤척였다) 지니아는 식사를 준비했다. 그녀는 늘 허기진 채로 천천히 음식을 씹으며 집 안 구석구석에서 들려오는 소음들에 귀를 기울였다.

시간은 텅 빈 방에서 흔히 그러하듯 느리게 흘렀다. 그녀는 싱크대에 쌓인 그릇들을 닦고, 집을 조금 청소하고, 창문 아래 소파에 누워 옆방 자명종이 똑딱거리는 소리를 들으며 꾸벅꾸벅 졸았다. 어떤 날은 고독한 기분을 더 깊게 느끼고 싶어서 덧문을 닫아 방 안을 어둡게 만들었다.

어차피 세 시가 되면 로사가 계단을 내려와 세베리노를 깨우지 않으려 살짝 문을 긁으며 그녀에게 깨어 있느냐고 물을 터였다. 그러면 둘은 함께 길을 나섰고, 트램 정류장 앞에서 헤어졌다.

지니아와 로사를 이어주는 것은 트램 정류장까지의 짧은 길목과 머리에 꽂은 작은 별 모양의 진주 장식뿐이었다. 언젠가 쇼윈도를 지나며 로사가 말했다.

"우리, 꼭 자매 같다."

그 순간, 지니아는 그 장식이 조잡해 보인다고 생각했다. 공장 노동자처럼 보이지 않으려면 모자를 써야 한다는 생각도 했다. 로사는 아직 부모의 간섭을 받고 있었고 앞으로도 한동안은 모자 하나 사는 것도 마음대로 할 수 없겠지.

로사는 그녀를 부르러 올 때 시간 여유가 있으면 집 안으로 들어왔다. 그러면 지니아는 로사에게 집 정리를 거들게 하고는, 세베리노가 여느 남자들처럼 집안일이 뭔지 전혀 모른다고 홍을 보며 웃었다. 로사는 그를 두고 장난처럼 '네 남편'이라고 부르곤 했다. 그럴 때 지니아는 정색하며 "집안일은 내가 다 하지만 정작 남자는 곁에 없으니 썩 기쁘진 않네"라고 받아치곤 했다.

하지만 그 말은 진심이 아니었다. 그녀의 즐거움은 바로, 마치 안주인처럼 혼자서 집을 꾸려가는 데 있었다. 다만 그녀는 가끔은 로사에게 상기시키고 싶었던 것이다. 우린 이제 어린애가 아니라고.

하지만 로사는 거리에서도 품위 있게 행동할 줄 몰랐다. 우스꽝스러운 표정을 짓고, 갑자기 낄낄거리고, 고개를 홱 돌렸다. 그럴 때면 지니아는 따귀라도 한 대 날리고 싶어졌다. 그럼에도 불구하고 둘이 함께 춤추러 가는 날엔 로사가 꼭 필요했다. 로사는 아무에게나 반말을 지껄이고 무례한 행동을 해서 지니아를 더 돋보이게 만들었으니까.

그토록 아름다웠던 그해, 혼자 사는 법을 막 배우기 시작했을 때 지니아는 곧 깨달았다. 자신이 다른 아이들과 다른 점은 -세베리노는 별개로 하고- 열여섯 나이에 혼자 집을 차지하고 이미 '어른 여자'처럼 살고 있다는 사실이었다.

지니아가 로사와 어울린 건 머리에 별 장식을 꽂은 것과 같은 이유였다. 그저 재미있었기 때문이었다. 온 동네를 통틀어 로사처럼 미친 짓을 할 수 있는 아이는 없었다. 누구라도 기분을 상하게 만들 수 있었고, 깔깔거리며 허공을 흘긋거렸다. 어떤 날은 저녁 내내 장난만 쳤다. 하지만 또 어떤 날은 수탉처럼 싸움을 벌이기도 했다.

"왜 그래, 로사?"

오케스트라의 연주를 기다리며 누군가가 물었다.

"무서워…. 저기 뒤에서 어떤 노인이 날 노려보고 있었어. 날 기다리는 것 같았어. 무서워."

그녀의 눈이 점점 커다래졌다. 또 다른 남자는 믿지 않았다.

"네 할아버지겠지, 뭐."

"바보 같은 자식."

"됐고, 춤이나 추자."

"아니야, 난 진짜 무섭다니까!"

춤을 추는 동안 지니아는 그 남자가 소리치는 걸 들었다.

"이 무식한 계집애야, 마녀 같은 년! 꺼져, 공장으로나 돌아가!"

그러자 로사는 웃음을 터뜨렸고, 모두가 따라 웃었다.

지니아는 생각했다. 바로 그 공장이 한 소녀를 이렇게 만들어 버린 거라고. 기계공들을 보기만 해도 알 수 있지 않나? 그들 또한 이런 장난으로 인연을 시작하지 않았던가.

그들 중 그런 녀석이 한 명이라도 있으면 밤이 깊어지기 전에 한 소녀는 발끈 화를 내고, 더 수줍은 소녀는 울음을 터뜨리곤 했다. 그들은 로사에게 하듯 소녀들을 놀려대며 늘 그녀들에게 들판으로 같이 내려가자고 졸랐다. 그들과 입씨름을 해 봐야 소용없었으므로 항상 방어해야 하는 상황이 되곤 했다.

그렇지만 그들에게도 나름의 좋은 점이 있었다. 가끔 노래를 부르는데 제법 잘한다는 거다. 특히 페루초가 기타를 들고 오는 날이면 더욱.

페루초는 키 큰 금발의 청년이었지만 늘 실직 상태였다. 손가락은 석탄 때문에 여전히 거칠고 검게 물들어 있었다. 그런 크고 무딘 손이 기타를 그렇게나 능숙하게 다루다니 믿기지 않았다.

어느 날 언덕에서 모두가 돌아오는 길에, 겨드랑이 아래를 스친 페루초의 손을 느낀 적이 있었던 지니아는 그가 기타를 칠 때 그의 손을 보지 않으려 애썼다. 로사는 그녀에게 페루초가 두세 번 너에 대해 물었다고 전해 주었다. 지니아는 이렇게 대답했다.

"손톱이나 좀 깨끗이 씻으라고 해."

그녀는 다음번엔 그가 자신에게 웃어 주길 바랐지만, 정작 그는 그녀를 아예 쳐다보지도 않았다.

 어느 날 지니아가 모자를 고쳐 쓰고 부티크를 나서자, 문 앞에서 로사가 불쑥 달려 들었다.
"무슨 일 있어?"
"나, 공장서 도망쳤어!"
 둘은 인도 위를 나란히 걸어 트램 정류장까지 갔다. 로사는 이야기를 이어가지 않았다.
 지니아는 짜증이 났다. 무슨 말을 해야 할지 몰랐다. 집 근처에서 내릴 때쯤, 로사가 임신을 한 것 같아 두렵다고 중얼거리듯 말했다. 지니아는 말도 안 되는 소리라며 길모퉁이에서 로사와 실랑이를 벌였다. 하지만 사실 아무 일도 아니었다. 그건 겁에 질린 로사가 스스로 만들어 낸 착각이었다.
 하지만 정작 더 동요한 건 지니아였다. 마치 자신만 어린아이로 남겨진 듯한 기분, 남들은 다 즐기고 있는데 홀로 소외된 듯한 감정이 스며들었다. 특히 욕망이라고는 전혀 없는 듯한 로사 같은 애를 생각하면 더욱더.
 '내가 얘보단 훨씬 나아.' 지니아는 생각했다. '열여섯은 너무 빠르잖아. 자기 인생을 허비하겠다는데 그러면 지 손해지.'
 그렇게 스스로를 설득하면서도 마음 한편에서는 굴욕감이

사라지지 않았다. 다른 아이들은 이미 '들판에서의 일'을 겪었을지도 모른다는 생각에 숨이 막혔다. 반면 혼자 생활하던 자신은 남자의 손길만으로도 가슴이 두근거렸다고 생각하니 수치스러웠다.

"왜 그날 내게 그런 말을 했던 거야?"

어느 날 오후, 둘이 함께 외출했을 때 지니아는 로사에게 물었다.

"그럼 누구한테 그걸 말해? 난 괴로웠다고."

"근데 왜 그 전엔 아무 얘기도 안 했어?"

로사는 이제 아무렇지 않다는 듯 웃어넘기더니 어조를 바꿨다. "그런 건 말하지 않는 게 더 나아. 얘기하면 나만 불행해져."

'바보 같아.' 지니아는 속으로 생각했다. '웃긴다. 얼마 전까진 죽고 싶다던 애가. 앤 아직 어려.'

혼자 거리를 오가며 지니아는 모두가 아직은 어리다고 생각했다. 어쩌면 갑자기 스무 살이 되어야만 어떻게 살아야 할지 알게 될 것 같았다.

어느 날 지니아는 저녁 내내 로사의 남자친구 피노를 지켜봤다. 피노는 코가 휘고, 키도 작고, 당구밖에 잘하는 게 없는 남자였다. 그는 늘 아무 일도 하지 않으면서도 입을 삐쭉거리며 자기 말만 늘어놓았다. 왜 로사가 그의 비겁함을 알면서도 여전히 그런 놈과 영화를 보러 다니는지 이해할 수 없었다.

그 일요일, 모두가 보트를 타러 나갔던 그때가 머릿속에서 떠나지 않았다. 지니아는 피노의 등에 마치 녹이 슨 듯 부스럼처럼 덮인 주근깨를 보았다. 이제서야 그날 로사가 그와 풀밭 아래로 사라졌던 순간이 떠올랐다. 그땐 왜 눈치채지 못했을까. 자신은 얼마나 어리석었는가. 하지만 너는 나보다도 더 어리석었다고 지니아는 영화관 입구에서 로사에게 다시 한 번 말했다.

지니아는 그들과 함께 여러 차례 보트를 타러 갔던 기억을 떠올렸다. 그녀는 웃고 장난치며 커플들을 놀렸다. 모두를 주의 깊게 보았지만 로사와 피노의 사이는 눈치채지 못했었다.

한낮의 뜨거운 태양 아래, 지니아와 다리를 저는 티나만이 배 안에 남아 있었다. 로사를 포함한 다른 이들은 제방 위로 나가 소리를 질렀다. 티나는 치마와 블라우스를 입은 채 말했다.

"아무도 안 오면, 나 다 벗고 일광욕할 거야."

지니아는 자신이 망을 볼 테니 걱정하지 말라고 했다. 그러나 사실 그녀는 제방에서 들려오는 목소리와 침묵에 신경을 집중하고 있었다. 시간이 조금 흐르자, 평화로운 물 위로 정적만이 고였다. 티나는 허리에 수건을 두르고 햇볕 아래 몸을 뉘었다. 지니아는 풀밭으로 뛰어내려 맨발로 걸었다. 모두를 끌고 가던 아멜리아의 목소리도 이젠 들리지 않았다. 어리석게도 모두가 숨바꼭질을 한다고 여기고는 그들을 찾지도 않은 채, 지니아는 다시 배로 돌아갔다.

2

 적어도 아멜리아만큼은 자신이 남들과 다른 삶을 살고 있다는 것을 알고 있었다. 그녀의 오빠는 정비공이었고 그녀는 그해 여름 저녁 가끔씩만 얼굴을 비출 뿐이었다. 아멜리아는 누구에게도 속내를 털어놓지 않았지만, 열아홉이나 스무 살이라는 이유만으로 그 모두의 웃음에 녹아 들었다.
 지니아는 아멜리아처럼 키가 컸으면 싶었다. 그녀의 다리는 얇은 스타킹을 돋보이게 했다. 수영복 차림의 아멜리아는 엉덩이 부분이 풍만했고, 얼굴은 어딘가 말처럼 갸름한 인상이었다.
 "난 실직 중이야." 어느 날 저녁 지니아가 자신의 드레스를 유심히 쳐다보자 아멜리아가 말했.
 "하루 종일 의상을 연구할 여유가 있지. 나도 너처럼 부티크에서 일할 때 재단을 배웠어. 알지?"
 지니아는 그런 일은 남에게 시키는 것이 더 낫다고 생각했지만, 말하지 않았다.

 그날 밤 둘은 산책을 했다. 지니아는 깨어 있었고, 잠들고 싶지 않았기 때문에 아멜리아의 집까지 동행했다. 비가 내렸던 탓에 아스팔트와 나무들이 깨끗이 씻겨 있었고, 대기의 서늘함이 얼굴에 닿는 것이 느껴졌다.

"너 산책 좋아하지?" 아멜리아가 웃으며 말했다. "너네 오빠가 뭐라고 안 해?"

"세베리노는 지금 일하러 갔어요. 온종일 불을 켜고 관리하는 게 그의 일이라서."

"그러니까 그가 모든 커플을 비추는 조명 담당이라는 거지? 무슨 옷을 입어? 가스 배관공처럼 입고 다녀?"

"아니, 그럴 리가." 지니아가 웃으며 말했다. "발전소에서 중앙 스위치를 담당해요. 밤새 기계 앞에 서 있어요."

"너희 둘만 사는 거구나. 오빠가 너한테 훈계 안 해?"

아멜리아가 속사정을 다 아는 듯 명랑하게 말하자 지니아는 편안하게 말을 놓았다.

"일 안 한 지 오래야?"

"일이야 있지. 나를 그리게 하는 일."

그녀의 말투가 농담처럼 들려서 지니아는 그녀를 쳐다봤다. "어떻게 그리게 하는데?"

"정면, 옆모습, 옷 입은 상태, 벗은 상태 모두. 이런 걸 바로 모델이라고 부르지."

지니아는 아멜리아가 말을 이어가도록 놀란 척 귀를 기울였지만, 사실 그녀가 무슨 말을 하는지 훤히 알고 있었다. 단지 아멜리아가 자신에게 그런 이야기를 할 줄은 전혀 몰랐다. 아멜리아는 누구에게도 이런 말을 한 적이 없었다. 그 비밀을 알아챈 건 로사였는데, 관리인 아주머니들의 입을 통해서 알게 된 것이었다.

"정말 화가한테 가는 거야?"

"갔지." 아멜리아가 말했다.

"하지만 화가 입장에선 여름엔 야외에서 그리는 게 싸게 먹히지. 겨울에는 벌거벗고 앉아 있기엔 너무 추워서 일이 거의 없어."

"그럼 옷을 벗었어?"

"물론이지." 아멜리아가 대답했다. 그리고 지니아의 팔짱을 끼며 덧붙였다.

"좋은 직업이야. 그냥 서서 그들이 떠드는 걸 듣기만 하면 돼. 난 아주 멋진 작업실이 있는 화가에게 가곤 했어. 손님들이 오면 다 같이 차도 마시고. 그런 곳에서 모델을 하면 세상을 배우게 돼. 영화보다 훨씬 많은 걸 배우지."

"포즈를 취하고 있을 때 사람들이 들어오기도 해?"

"허락을 받고 들어와. 가장 재미있는 건 여자 화가들이야. 너 여자들도 그림 그리는 거 알아? 누드를 그리려고 여자에게 돈을 주지. 직접 거울 앞에 서면 될 텐데 왜 그럴까? 차라리 남자를 모델로 쓰면 이해하겠는데."

"남자도 그리겠지." 지니아가 말했다.

"남자를 안 그린다는 뜻은 아니야." 아멜리아가 문 앞에서 윙크하며 말했다.

"어떤 여자 모델들은 돈을 두 배나 받아. 그래, 세상은 다채로워야 아름답다니까?"

지니아는 아멜리아에게 가끔 놀러 오라고 말했다. 밤의 온기에 거의 말라버린 아스팔트, 그 위로 어른거리는 빛을 밟으며 지니아는 천천히 혼자 걸었다.

'나이를 먹어서 그런지 자기 얘기를 너무 많이 해.' 지니아는 은근한 우월감으로 흡족했다. '내가 저렇게 산다면 좀 더 조심스럽게 처신할 텐데.'

하지만 며칠이 지나도 아멜리아가 찾아오지 않자 지니아는 조금 실망했다. 애초에 그날 밤도 친해지려던 건 아니었던 게 분명했다. 그 말은, 아멜리아가 자신에 대한 모든 것을 아무에게나 말해버리는 바보라는 뜻이기도 했다. '어쩌면 나를 뭐든 믿어버리는 애송이라고 여기는 걸지도 몰라.'

어느 날 저녁 지니아는 여럿이 모인 자리에서, 상점에서 본 그림의 모델이 아멜리아라는 것을 자신은 알 수 있었다고 말했다. 모두가 믿었고, 지니아는 굳이 덧붙였다. 얼굴은 화가가 바꿔 그리기 때문에 몸매로 알아봤다고.

"그들이 그렇게 배려심 있을 거라 생각해?" 로사가 그녀의 순진함을 조롱하며 말했다.

"그림 그려 주고 돈까지 준다면 나도 좋지." 클라라가 말했다. 이야기는 아멜리아가 과연 예쁜지 아닌지로 옮겨갔다. 클라라의 오빠가 끼어들었다. 예전에 같이 배를 탔던 그 오빠는 자기가 벗었을 때 훨씬 더 멋지다고 떠들었다. 모두들 웃어댔다. 지니아는 조용히 말했다.

"몸매가 안 좋으면 화가가 애써 그릴 리 없잖아."

하지만 아무도 귀 기울이지 않았다. 지니아는 그날 밤 모욕감에 치를 떨었다. 당장이라도 울 것만 같았.

날들은 지나갔고, 그녀는 다시 아멜리아를 만났다. 둘은 트램에서 내려 함께 걸으며 이야기를 주고받았다. 지니아는 아멜리아보다 더 우아한 차림이었고, 아멜리아는 모자를 손에 들고 이를 드러내며 웃었다.

다음 날 오후, 아멜리아가 지니아를 찾아왔다. 더위 때문에 활짝 열어 둔 문 앞에 모습을 드러낸 아멜리아를 지니아는 어둠 속에서 몰래 지켜봤다. 덧문이 열리자 두 사람은 반갑게 인사를 나눴다. 아멜리아는 모자로 부채질을 하면서 주변을 둘러보았다.

"문을 열어 둘 수 있으니 좋네." 그녀가 말했다. "넌 운이 좋다. 우리 집은 1층이라 문을 못 열어 둬." 그리고 잠자는 세베리노가 있는 다른 방을 흘깃 보며 말했다.

"우리 집은 완전 난장판이야. 고양이 빼고도 다섯 명이 방 두 칸에 같이 살아"

준비를 마치고 그들은 함께 외출했다. 지니아가 말했다.

"1층 생활이 지겨워지면 언제든 여기로 와. 평화로울 거야."

지니아는 두 사람이 서로를 이해하게 된 것이 기뻤고, 아멜리아의 가족을 험담하려고 그렇게 말한 게 아니라는 것을 그녀가 이해해 주길 바랐다. 하지만 아멜리아는 긍정도 부정도 하지 않고 트램을 타기 전에 커피를 사 주었다.

다음 날과 그다음 날은 그녀를 보지 못했지만, 어느 날 저녁 그녀는 모자를 쓰지 않고 나타나 웃으며 소파에 앉아 담배를 달라고 했다. 지니아는 막 설거지를 마쳤고 세베리노는 면도 중이었다. 그는 젖은 손가락으로 아멜리아의 담배에 불을 붙여 주었다. 셋은 가로등에 관한 농담을 했다.

세베리노는 서둘러 일하러 가면서 지니아에게 밤을 새지 말라고 당부했다. 아멜리아는 그를 바라보며 재미있다는 표정을 지었다.

"넌 다른 클럽에 가 본 적 없어?" 아멜리아가 말했다.

"거기 남자애들이 괜찮긴 한데, 네 여자친구들처럼 지나치게 몸이 뜨거워."

두 사람은 모자도 쓰지 않고 상쾌한 바람을 따라 시내 중심가로 달려갔다.

둘은 아이스크림을 핥으며 지나가는 사람들을 관찰하고 농담을 주고받았다. 아멜리아와 함께 있으면 모든 것이 쉬웠다. 지니아는 다른 중요한 건 아무것도 없다는 듯 즐거움에 자신을 맡겼다. 그날 저녁 온갖 일들이 일어날 것만 같았다. 스무 살인 아멜리아와 함께라서 자신감이 생겼다. 아멜리아는 덥다는 이유로 스타킹도 신지 않았다.

오케스트라가 연주하는, 탁자 위에 전등갓을 씌운 조명이 있는 작은 클럽에 도착했을 때 지니아는 거길 따라 들어가야 할까 봐 긴장했다. 처음 가보는 클럽이라 숨을 죽었다.

"여기 들어가고 싶지 않아?" 아멜리아가 물었다.

"너무 더워서 차려 입지도 않았는데? 그냥 지나가자. 난 걷는 게 더 좋아."

"나도 꼭 들어가고 싶진 않아. 그런데 이제 뭘 할까? 설마 길모퉁이에 서서 지나가는 사람들을 보고 웃기만 할 생각은 아니겠지?"

"넌 뭘 하고 싶어?"

"우리가 여자만 아니면 차를 운전해서 지금쯤 호수에서 수영을 하고 있겠지."

"걸으면서 수다나 떠는 게 어때?" 지니아가 말했다.

"언덕으로 가서 술도 1리터 마시고 노래도 부를 수 있는데. 너 와인 좋아해?"

지니아는 "별로"라고 대답했다. 아멜리아는 클럽 입구를 바라보았다.

"그래도 술 한잔 하자! 지루하면 그건 자기 탓이지."

그들은 맨 처음 본 카페에서 술을 마셨다. 밖으로 나오자 전에 느껴보지 못한 시원한 바람이 공기 속에 스며들었다. 더운 여름 밤, 술로 피를 식히는 건 꽤 기분 좋은 일이었다.

아멜리아는 하루 종일 아무 일도 안 하는 사람이라도 저녁에는 즐길 권리가 있다고 했다. 하지만 때때로 시간이 흘러가는 것이 두려워지는 순간이 찾아오고, 그때는 이렇게 열심히 달리는 게 과연 가치 있는 일인지조차 알 수 없게 된다는 것이다.

"너는 그런 적 없어?"

"난 출근할 때만 달려. 그런 생각을 할 여유가 없어."

"넌 아직 어리구나." 아멜리아가 말했다. "난 일할 때도 가만히 못 있거든."

"모델 할 때는 가만히 있어야 하잖아." 지니아는 걸으며 말했다. 아멜리아가 웃음을 터트렸다.

"넌 아무것도 몰라. 제일 유능한 모델은 바로 화가들을 미치게 만드는 애들이야. 가끔 움직여 주지 않으면 화가들은 모델이 아니라 하녀 취급해. 순한 양처럼 행동하면 늑대에게 잡아 먹힌다고."

지니아는 간단한 미소로 답했다. 하지만 독주보다 더 타는 듯 목에 걸리는 말이 있었다. 그녀는 아멜리아에게 시원한 곳에 앉아 술 한잔 더 하지 않겠냐고 물었다.

"물론이지." 아멜리아가 대답했다. 둘은 바의 카운터에서 술을 마셨고, 그게 더 저렴했다.

이제 지니아는 가슴이 뜨거워지는 걸 느꼈다. 나가는 길에 그녀는 아멜리아에게 가볍게 말했다.

"아까부터 말하고 싶었어. 네가 모델 하는 모습 좀 보고 싶어."

그들은 길을 걸으며 잠시 이야기를 나눴다. "옷을 입었든 벗었든 모델은 남자한테만 흥미롭지. 여자들은 다른 여자 몸에는 관심 없어." 아멜리아는 모델은 그저 서 있기만 하는데 볼 게 뭐가 있겠냐고 말하며 웃었다.

지니아는 화가가 그녀를 그리는 걸 보고 싶다고 했다. 물감을 다루는 모습을 본 적 없어서 멋질 것 같다고.

"오늘이나 내일 가자는 게 아니야. 넌 지금 일이 없지만, 네가 다시 작업실에 가게 되면 꼭 데려가 줘."

아멜리아는 다시 웃으며, 화가를 소개하는 건 아무것도 아니라고 했다. 그들이 어디 사는지 알고 있고 데려가 줄 수 있다고.

"근데 걔네는 질이 안 좋아서 조심해야 해." 지니아도 웃었다.

두 사람은 벤치에 앉았고, 이른 시간도 늦은 시간도 아니어서 행인은 한 명도 없었다. 결국 그날 밤은 언덕 위의 클럽에서 끝이 났다.

3

 그 후로 아멜리아는 자주 지니아를 데리러 왔다. 나가자고, 혹은 함께 이야기하자고. 그녀는 방에 들어와 큰 소리로 떠들었고 세베리노는 잠들지 못해 뒤척였다. 오후에 로사가 찾아왔을 땐 두 사람은 이미 외출 준비를 마친 상태였다. 아멜리아는 담배를 마저 피우고는 로사가 피노 이야기를 털어놓으면 그녀에게 조언도 해주었다. 집에는 있고 싶지 않고 하루 종일 할 일이 없기 때문에 아멜리아는 그들의 친구로 지내는 것에 만족했다. 둘만 있을 땐 로사를 조롱하기도 했다. 로사의 이야기를 믿지 않는 척하며 대놓고 비웃기도 하면서.

 지니아는 아멜리아가 겉으로는 명랑해 보여도 사실은 꽤 처량한 처지라는 확신이 들자 그녀에게 마음을 터놓았다. 이제 그녀는 아멜리아의 눈빛이나 어설프게 발라진 립스틱만 봐도 단박에 그걸 알아차릴 수 있었다. 아멜리아가 스타킹을 신지 않은 건 단지 스타킹을 갖고 있지 못해서였고, 늘 똑같은 예쁜 원피스만 입는 이유는 다른 옷이 없었기 때문이었다. 지니아는 자신 또한 모자를 쓰지 않고 외출하면 한층 더 제정신이 아닌 듯 들뜬 기분이 든다는 것을 확인했다.

 그녀의 신경을 거슬리게 한 건 즉시 그녀를 간파해 버리는 로사였다.

"옷이 찢어지면 침대에 누워야 하는 신세가 된다 해도 말이지." 로사가 말했다. "인생을 그렇게 살아온 것도 충분히 가치 있는 일이지 뭐."

지니아는 아멜리아에게 왜 다시 모델 일을 하지 않느냐고 여러 번 물었다. 아멜리아는 일자리를 구하려면 계속 일을 하고 있었어야 했다고 말했다.

하루 종일 아무것도 하지 않고 함께 산책할 수 있는 삶은 얼마나 멋질까. 게다가 저녁녘의 선선한 공기를 맞으며 쇼윈도를 바라볼 때 사람들의 시선이 자신들에게 머물 만큼 우아함까지 지녔다면….

"자유롭게 지내는 건 나를 열받게 만들어." 아멜리아가 말했다.

아멜리아가 자신이 욕망하는 많은 것들에 대한 이야기를 들려준다면, 지니아는 돈을 내고서라도 듣고 싶었다. 진정한 친밀함은 상대가 원하는 걸 아는 거니까. 둘이 같은 것을 좋아하면 한 사람이 더 이상 위축되지 않을 테니까.

하지만 지니아는 확신할 수 없었다. 저녁 무렵 그들이 아케이드 아래를 걸을 때, 아멜리아가 바라보는 것을 자신이 같은 시선으로 보고 있는지를. 그녀가 저 모자를 좋아하는지, 저 옷감을 맘에 들어 하는지도 단언할 수 없었다. 아멜리아가 로사에게 그랬던 것처럼 언제든 자기를 비웃을지도 모를 일이었다. 하루 종일 혼자인 아멜리아는 무엇을 하고 싶다거나 무엇을 바란다거나 하는 얘기를 진심으로 터놓는 법이 없었다.

"돼지같이 못생긴 얼굴들이나 닭처럼 마른 다리들을 보며 누굴 기다려 본 적 있니? 완전 재밌는데." 농담일 수도, 진담일 수도 있었다. 어쨌든 지니아는 그날 저녁, 예술가가 작업하는 모습을 보고 싶다는 열망을 아멜리아에게 고백했던 건 역시나 바보 같은 짓이었다고 생각했다.

이제 외출할 때는 아멜리아가 행선지를 정했고, 지니아는 고분고분하게 그녀를 따랐다. 그들은 며칠 전에 갔었던 클럽을 다시 방문했다. 그때는 그렇게나 즐거웠지만 이번엔 조명도 오케스트라도 눈에 들어오지 않았다. 그녀가 찾아낸 유일한 즐거움은 열린 발코니를 통해 들어오는 신선한 바람뿐이었다. 지니아는 자기가 그만큼 잘 차려입지 않았다고 느꼈기 때문에 아래쪽 테이블 사이로 돌아다니고 싶지 않았다. 그런데 아멜리아는 어느새 반말을 하는 젊은 남자와 얘기를 나누기 시작했고, 음악이 끝나자 또 다른 남자가 손을 흔들며 다가왔다. 그녀는 돌아서며 말했다.

"쟤, 너한테 관심 있는 거 아니야?"

지니아는 누군가의 주목을 받아서 기뻤지만 그 청년은 금세 사라졌다. 전에 함께 춤을 춘 불쾌한 느낌의 남자는 그녀를 보지도 않고 급히 지나갔다. 처음 이 클럽에 왔을 때는 숨 돌리기 위해서가 아니면 테이블에 앉아 있었던 적이 없었는데, 이번엔 창문 아래에서 꽤 오랫동안 기다렸다.

아멜리아가 먼저 자리를 차지하며 큰소리로 말했다.

"이것도 정말 재밌잖아?"

분명 홀 안에 있는 다른 여자들이 아멜리아보다 잘 차려 입은 건 아니었고, 많은 여자들이 스타킹을 신지 않았다. 지니아는 웨이터들의 하얀 재킷과 밖에 늘어선 차들을 쳐다봤다. 그러다 문득, 아멜리아에게 화가 친구가 있을 거라는 기대가 얼마나 어리석었는지 깨달았다.

그해 여름은 너무나 뜨거웠기에, 매일 저녁 집을 나서야만 했다. 지니아는 여름이 어떤 것인지 지금껏 전혀 알지 못했던 것 같았다. 밤마다 가로수 아래를 거니는 일이 그저 황홀했다. 때로는 이 여름이 영원할 것만 같다가도, 계절이 바뀌면 무슨 일이 일어날 것만 같아 서둘러 즐겨야겠다고 생각했다. 더는 로사와 함께 오래된 클럽이나 동네 영화관에 가지 않았다. 가끔 혼자 도심의 영화관을 급히 방문하기도 했다. 아멜리아가 한다면 그녀라고 못할 건 없었다.

어느 날 저녁 아멜리아가 찾아와 둘이 외출하는 길에 말했다.

"어제 일자리 구했어."

지니아는 놀라지 않았다. 이미 예상하고 있던 일이었다. 언제부터 시작하는지 조용히 물었다.

"오늘 아침부터 시작했어. 벌써 두 시간 일했지."

"좋겠다." 지니아는 어떤 종류의 그림이냐고 물었다.

"정식 그림이라기보다는 그냥 내 얼굴을 스케치하는 거지. 난 수다 떨고, 그는 가끔 내 옆모습을 빠르게 그려. 오래 할 일은 아니야."

"그럼 포즈를 취하는 건 아니네?"

"포즈 취하는 게 벗고 서 있는 것만이라고 생각하니?" 아멜리아가 받아쳤다.

"내일 다시 가?" 지니아가 물었다.

아멜리아는 다음 날 그리고 며칠 더 그곳에 갔다. 다음 날 저녁에 그녀는 웃으며 그 이야기를 꺼냈다. 화가는 잠시도 가만있지 못하고 움직이며 그림을 그린다면서, 자신처럼 작업하는 화가가 또 있는지 물었다고 했다.

"오늘 아침엔 내 누드를 그렸어. 그는 서두르지 않고 천천히 목표에 도달하는 타입이지. 그런데도 네 장 정도 그리면 그걸 작품집에 넣고 모델은 더 이상 쓰지 않아."

지니아가 그가 어떤 사람인지 물었다.

"키가 작아."

"어떻게 알게 됐어?"

"우연히. 내일 나 데리러 와." 아멜리아가 말했다. 둘은 토요일 오후에 함께 가기로 약속했다.

그 오후, 한낮의 태양 아래 길을 따라 걷는 동안 아멜리아는 지니아를 내내 웃겼다. 그들은 나선형 계단을 지났고, 커튼 사이 좁은 틈으로 신선한 햇빛이 희미하게 들어오는 어둑한 큰 방에 들어섰다. 너무 빠르게 심장이 뛰어서 지니아는 마지막 몇 계단 앞에서 멈춰 섰다.

"안녕!" 아멜리아가 큰 소리로 외치며 어둠에 잠긴 방 중앙으로 걸어갔다. 커튼 뒤에서 회색 턱수염을 기른 뚱뚱한 남자가 나타나 두 손을 툭툭 털었다.

"일 없어, 아가씨들. 오늘은 도망쳐야겠어." 그는 밝은 색 작업복을 입고 있었다. 커튼을 젖히자, 작업복은 빛을 받아 누렇게 바래 보였다.

"일은 필요 없어, 아가씨들. 오늘은 기분 전환이 필요해."

여전히 지니아는 계단에서 꼼짝 않고 서 있었다. 역광 속에서 아멜리아의 다리 윤곽만이 어슴푸레 보일 뿐이었다. 그녀는 거의 혼잣말처럼 속삭였다.

"가자, 아멜리아."

"이 친구가 나를 만나고 싶어 하던 그 아가씨인가? 아직 어린 애네. 밝은 곳에서 좀 보자구."

지니아는 마지못해 마지막 계단으로 올라섰고, 호기심 어린 회색 눈이 자신을 훑는 것을 느꼈다. 그것이 노련한 늙은이의 눈인지 교활한 눈인지 분간할 수 없었다. 아멜리아의 날카롭고 짜증 섞인 목소리가 들렸다.

"하지만 약속했잖아요."

"그래서 어쩌라고? 뭘 원해? 너도 피곤하잖아. 일은 천천히 해야 해. 널 쉴 수 있게 해줘서 고맙지 않아?"

아멜리아는 커튼 그늘 밑 의자에 앉았고 지니아는 두 사람의 시선을 번갈아 받으며 한동안 멍하니 서 있었다. 화가는 혼자만 즐기는 농담을 하는 듯 보였다. 그는 아멜리아와 대화를 이어갔고, 말을 뚝뚝 끊으며 "어쩌라고?"를 반복했다. 키가 작은 그가 몸을 뒤로 젖혀 커튼을 더 열었다. 갓 칠한 석회와 페인트 냄새가 텅 빈 방을 가득 채웠다.

"우린 땀범벅이에요." 아멜리아가 말했다. "적어도 잠깐 시원하게는 해 줘야지. 그렇지, 지니아?"

수염 난 사내는 다시 몸을 돌려 커다란 천창을 열었다. 다리를 꼬고 앉은 아멜리아가 그를 지켜보며 웃었다. 창문 앞에는 이젤이 놓여 있었고, 그 위에는 아무렇게나 물감을 뿌리고 군데군데 긁어낸 흔적이 남은 캔버스가 걸려 있었다.

"밝을 때 안 하면 언제 하겠어요?" 아멜리아가 말했다. "저를 배신하고 다른 모델을 쓰게요?"

"난 세상 모든 사람을 배신해." 화가가 턱을 숙이며 외쳤다. "네가 나무 한 그루나 말 한 마리보다 더 가치 있다고 생각해? 난 산책할 때조차 일하는 사람이야, 알기나 해?"

그는 이젤 아래 상자를 뒤지며 종이와 물감 상자와 붓을 마구 꺼냈다. 아멜리아는 의자에서 벌떡 일어나 모자를 벗고 지니아에게 윙크했다.

"내 친구를 스케치하지 그래요? 앤 한 번도 모델을 서 본 적 없어요."

화가는 돌아서며 말했다.

"안 그래도 한 번 그려보고 싶었어. 표정이 흥미로운 얼굴이야."

연필을 한 손에 쥔 채 다른 손으로 수염을 쓰다듬으며 화가는 거리를 두고 고양이처럼 지니아를 뚫어져라 바라봤다. 방 한가운데 선 지니아는 미동도 하지 못했다. 그는 그녀를 빛 속에 서 있도록 한 후, 한순간도 시선을 떼지 않은 채 종이를 이젤의 캔버스 위에 던져 놓고 그리기 시작했다.

하늘에는 노란 구름이 떠 있었고 지붕들이 보였다. 지니아는 구름에 시선을 고정했다. 심장은 빠르게 뛰었다. 아멜리아가 말하고, 걷고, 한숨 쉬는 소리를 들었지만 지니아는 돌아보지 않았다.

아멜리아가 그림을 보라고 불렀을 때 지니아는 그늘에 눈이 익도록 잠시 눈을 감아야 했다. 그리고 천천히 몸을 기울여 종이를 들여다보았다. 모자를 쓴 자신의 모습이 있었지만 얼굴은 딴 사람 같았다. 꿈꾸듯 무표정하고, 마치 잠꼬대를 하는 듯 입술은 살짝 벌어져 있었다.

"걱정스럽네." 화가 바르베타가 말했다. "정말 한 번도 모델을 한 적이 없다고?"

그는 모자를 벗으라 했고, 앉아서 아멜리아와 이야기를 나누라 했다. 그들은 서로를 바라보며 웃음을 참았다. 화가는 종이를 그림으로 채워 나갔다. 아멜리아는 손짓으로 '포즈 취하는 건 잊어'라는 신호를 보냈다.

"걱정이야." 바르베타가 다시 곁눈질하며 말했다. "어린 여자라 아직 얼굴의 윤곽이 잡히지 않은 것 같은데."

지니아는 아멜리아에게 너는 포즈를 취하지 않느냐고 물었다. 아멜리아는 큰 목소리로 대답했다.

"오늘은 네가 발견된 날이야. 그는 분명 널 놓치지 않을 거야."

대화를 나누던 중 지니아는 그가 이전에 그린 그녀의 얼굴을 볼 수 없느냐고 물었다. 아멜리아가 일어나 방 뒤편에서 포트폴리오를 꺼내 무릎 위에 그것을 펼쳤다.

"봐봐."

지니아는 몇 장 넘기다 네다섯 번째에서 식은땀이 났다. 등 뒤에서 회색 눈을 느꼈기 때문에 감히 말하지 못했다. 아멜리아도 그녀를 바라보며 기다렸다. 마침내 아멜리아가 물었다.

"마음에 들어?"

지니아는 억지로 미소를 지으며 말했다.

"너인지 잘 모르겠어."

그림을 다 보고 나자 점차 마음이 차분해졌다. 어쨌든 아멜리아는 여전히 옷을 입고 웃으며 서 있음을 확인했다.

그녀는 멍해진 채 말했다.

"이걸 저 사람이 그린 거야?"

아멜리아는 어리둥절해하며 큰 소리로 대답했다.

"그럼 내가 그렸겠어?"

바르베타가 다음 스케치를 끝냈을 때, 지니아는 조금 전과 마찬가지로 빛에 눈이 부셔 눈을 감고 잠시 더 머무르고 싶었다. 하지만 아멜리아가 그녀를 부르자 놀라며 그 큰 종이를 바라보았다. 그녀의 두상 여러 컷이 빠르게 스케치 되어 있었다. 왜곡된 것도, 전혀 지어 본 적 없는 찡그린 표정도 있었지만, 머리카락, 뺨, 콧구멍은 진짜였다. 그건 분명 그녀였다.

그녀는 웃고 있는 바르베타를 보았다. 조금 전의 그 회색 눈과는 달라 보였다. 눌러버릴 듯한 그 기세에 아멜리아가 반격하기 시작했다. 한 시간은 한 시간이라며 지니아는 생계를 위해 일하고 있다고, 자길 우연히 따라온 거지 자신의 일을 훔치려는 게 아니라고 말하자 바르베타는 희미하게 웃으며 말했다.

"가자. 아이스크림 사 줄게. 그리고 난 가 봐야 해."

4

 다음 날 아침에도 그들은 함께 그곳으로 향했다. 이번에는 아멜리아가 모델을 서야 할 차례였다.
 "내 자리 다시 차지하면 가만 안 둬." 아멜리아가 말했.
 "저 작자는 네가 아이스크림만으로도 만족한다는 걸 알고 네 순진함을 이용할 준비가 되어 있거든."
 지니아는 예전처럼 그렇게 기쁘지는 않았다. 아침에 눈을 뜨자마자 자신의 초상화가 아멜리아의 누드들 사이에 뒤섞여 있는 모습이 떠올랐고, 그때 느꼈던 강렬한 가슴 떨림도 생각났다. 그녀는 그 그림들을 받아내고 싶었다. 갖고 싶은 마음에서라기보다 그저 그것들이 다른 누드들 틈에 섞여 아무나 들여다볼 수 있는 상태로 남아 있는 게 싫었기 때문이었다.
 바로 그 바르베타, 늙고 뚱뚱한 그 사람이 아멜리아의 다리, 등, 배, 유두를 그렸다가 지우고 다시 다듬어 놓았다는 사실을 도무지 믿을 수가 없었다. 그는 감히 아멜리아의 얼굴을 똑바로 바라보지도 못했었다. 하지만 그의 회색 눈과 연필은 그녀를 뚫어지게 바라보고, 재 보고, 샅샅이 탐색했다. 거울보다도 더 뻔뻔하게. 아멜리아는 가만히 있거나 장난을 치며 이야기를 나눴었다.

"오늘 아침엔 내가 방해가 되진 않길 바라." 문을 지나며 지니아가 말했다.

"좋아. 묻겠는데, 넌 내 포즈를 보고 싶은 거야, 아닌 거야? 다음부턴 곱게 자란 아가씨들은 피해야겠네." 아멜리아가 말했다.

작업실의 모든 유리창은 활짝 열려 있고 커튼도 젖혀져 있었다. 바르베타를 기다리는 동안 계단에서 늙은 하녀가 모습을 드러내 그녀들을 지켜보았다. 지니아는 아멜리아가 어디에 자리를 잡고 포즈를 취할지 궁금해했지만, 그녀는 아침 공기가 차다며 창문을 닫으라고 하녀와 실랑이를 벌이고 있었다. 노파는 대놓고 말은 하지 않았지만 툴툴거렸다. 늙은 하녀의 얼굴은 몹시 지저분하고 털이 많아서, 아멜리아는 면전에서 대놓고 킥킥 웃었다.

작업용 앞치마를 걸치며 바르베타가 서둘러 나타났다. 그는 바쁘게 움직이기 시작했고, 이젤을 작업실 끝으로 옮기자 팔레트가 모습을 드러냈다. 모퉁이에는 소파 베드가 하나 있었다. 그는 커튼을 하나만 남기고 모두 닫아 빛이 온전히 그 구석에 쏟아지게 했다. 분주한 움직임 속에서 지니아는 자신을 불필요한 존재로 느꼈고, 노파도 그녀를 삐딱하게 바라보는 것 같았다.

 하녀가 방을 나가자 아멜리아는 소파 옆에서 옷을 벗기 시작했다. 지니아는 바르베타의 통통한 손을 바라보았다. 그는 손가락에 가느다란 목탄을 쥐고 이젤에 놓인 흰 종이 바탕을 검게 칠했다. 바르베타는 지니아를 쳐다보지도 않은 채 앉으라고 했고, 어딘가에서 아멜리아의 목소리가 들렸다. 지니아는 지난번 포즈를 잡았을 때처럼 창문 너머 지붕들을 바라보았다. 그런 자신이 한심하다고 생각했다. 그녀는 마음을 다잡고 몸을 돌렸다.

 처음 든 생각은, 아멜리아가 추울 것 같다는 것, 바르베타는 그녀를 거의 쳐다보지 않는다는 것, 정작 불편한 존재는 호기심으로 따라온 그녀 한 사람뿐이라는 것이었다. 갈색 머리의 아멜리아는 어딘가 더러워 보였고 보기에 안쓰러웠다. 그녀는 소파에 가만히 앉아 의자 등받이에 팔을 걸치고 얼굴을 돌린 채, 엉덩이에서 발 뒤꿈치까지 내려오는 다리 전체, 허리, 겨드랑이까지도 훤히 드러내고 있었다.
 지니아는 곧 싫증이 났다. 바르베타가 지우고 다시 그리는 것을 보았고, 집중해 찡그린 그의 이마를 보며 아멜리아와 미소를 주고받았지만 여전히 지루했다.

하지만 아멜리아가 처음으로 기지개를 켜며 소파에서 흘러내린 속옷을 집어 들었을 때, 지니아의 심장은 다시 뛰기 시작했다. 그건 어리석은 두근거림으로, 설령 그들 둘만 있었더라도 마찬가지였을 두근거림이었다. 모두가 똑같이 만들어졌다는 것을 깨닫는 두근거림, 아멜리아의 나체를 본 어떤 여자라도 그녀처럼 생각하리라는 깨달음의 두근거림이기도 했다. 지니아는 더 이상 평정심을 유지할 수가 없었다.

팔에 머리를 괴고 있던 아멜리아의 목소리가 들렸다.

"안녕, 지니아." 그 한마디로 그녀는 충분히 기쁘고 마음이 안정되었다. 조금 전 지니아는 아멜리아의 복사뼈가 붉은 색인 것을 보고는 자신도 옷을 벗으면 그런 자국이 있을까 궁금해했었다. '하지만 내 피부는 더 어리잖아.' 그녀는 속으로 중얼거렸다. 그리고는 소리 내어 물었다.

"그녀를 물감으로 그려본 적도 있어요?"

바르베타가 대답했다. "색은 연구하는 게 아니야. 색은 햇빛과 함께 창문으로 들어오는 거야. 실내엔 색이 없어."

"그야 그렇겠지." 아멜리아가 끼어들었다. "당신이 인색하니까. 물감은 돈이 드니까!"

"제발 좀!" 늙은 남자가 소리쳤다. "색은 존중받아야 해. 그리고 넌 그게 뭔지도 몰라. 화장을 지우면 넌 아무것도 아니지.

이 금발 아가씨가 너보다 색을 더 잘 알아." 아멜리아는 어깨를 으쓱했지만 머리는 돌리지 않았다.

어느 지붕 너머에서 사이렌 소리가 들려왔고, 지니아는 천천히 방을 거닐었다. 그러다 창가에서 자신의 초상화를 찾아냈지만 감히 그것을 달라고 하지는 못했다. 그녀는 그 그림들을 넘겨 보다가 다시 아멜리아의 그림들을 보게 되었고, 천천히 하나하나 비교하며 아멜리아가 정말로 이런 자세들을 취했던 것인지를 궁금해했다. 몇몇은 체조 자세처럼 보이기도 했다. 바르베타 같은 늙은이도 소녀들을 그리면서 그들을 연구하는 게 가능하단 말인가? 그는 정말 거기에 깊게 몰두한 사람 같았다.

정오가 지난 뒤 그들은 밖으로 나왔다. 제대로 갖춰 입고 다시 사람들 무리에 섞여 거리의 찬란한 색들을 만나는 게 기뻤다. 왜 그런지는 알 수 없지만 그 색들은 태양에서 온 것이 분명했다. 밤에는 존재하지 않으니까. 아멜리아의 신경질도 가라앉았고, 그녀는 지니아에게 아페리티보를 사주었다. 화가 얘기는 더 이상 꺼내지 않았다.

그날 오후, 그리고 며칠 뒤까지도 지니아는 혼자 소파에 앉아 생각에 잠겼다. 아스라한 어둠 속에서 아멜리아의 검게 그

늘진 배와 무심한 얼굴, 처진 가슴이 떠올랐다.

옷을 입은 여성의 모습에서는 더 이상 그릴 것이 없는 것일까? 누드를 원하는 화가들은 딴 마음이 있는 게 확실했다. 왜 남자 모델은 쓰지 않는 걸까? 심지어 아멜리아조차 그렇게 부끄러움을 모르고 다른 사람이 되어버렸다. 지니아는 거의 눈물이 날 지경이었다.

하지만 아멜리아에게 그 얘기는 꺼내지 않았다. 그저 그녀가 다시 돈을 벌고 있다는 사실에 안도했고 함께 영화를 보러 갈 수 있어서 기뻤을 뿐이다. 아멜리아는 이제 스타킹을 살 수 있었고 머리 손질에도 더 공을 들였다. 지니아는 기쁜 마음으로 아멜리아와 다시 외출했다. 그녀는 눈에 띄게 아름다워서 사람들은 뒤돌아 아멜리아를 다시 쳐다보곤 했다.

그렇게 여름은 지나갔다. 어느 저녁, 아멜리아가 말했.

"너의 바르베타가 자신만의 색을 찾고 포도를 수확하러 시골로 간대. 나도 그가 점점 지긋지긋해지고 있었어."

그날 저녁 아멜리아는 새 가방을 들고 왔다. 지니아가 물었다.

"그 사람의 작별 선물이야?"

"그 인간?" 아멜리아가 웃으며 말했다. "웃기지 마, 그는 네가 다시 돌아오길 원해. 그래야 돈을 안 줘도 되거든."

둘은 크게 싸웠다. 아멜리아는 이전에 이런 말을 한 적이 없었다. 그들은 서로 거침없이 주고받은 말들로 인해 안 좋은 감정으로 헤어졌다.

'그래, 애인이 생겼구나.' 혼자 집으로 돌아가며 지니아는 생각했다.

'선물도 사주는 애인이.'

그녀는 아멜리아가 찾아와 사과하지 않으면 화해하지 않기로 결심했다.

지니아는 지루함을 달래기 위해 예전 친구들과 마지못해 다시 어울렸다. 어차피 다음 해 여름이면 그녀도 열일곱이 될 것이었다. 이제 자신도 아멜리아만큼 세상 물정을 안다고 느꼈다. 아니, 아멜리아를 보지 않으니 오히려 더 그렇게 느껴졌.

그즈음 벌써 선선해진 저녁마다 지니아는 로사에게 아멜리아 흉내를 내 보았다. 그녀는 자주 얼굴에 웃음을 지었고 로사와 산책하며 이야기를 나누었다. 피노에 관한 이야기도 꺼냈지만, 언덕의 클럽까지 데려갈 용기는 없었다.

아멜리아에겐 분명 누군가가 있었다. 아무도 그녀를 보지 못했다.

'여자는 옷만 그럴 듯하면 멋져 보이는 법이야.' 지니아는 생각했다. '중요한 건 벗으면 안 된다는 거지.' 하지만 그런 얘기는 로사나 클라라, 그들의 오빠들에게도 꺼낼 수 없었다. 그러면 그들은 즉시 음흉한 마음을 먹고 그녀를 건드리려 했을 테니까. 이제 페루초나 피노보다 더 잘난 남자들이 세상에 있음을 알고 있으니 그런 건 원하지 않았다. 그들과 있을 때면 춤추고 농담하며 이야기도 나누었지만, 그건 마치 일요일의 보트 타기처럼 덧없는 즐거움이었다. 어른이 아닌 아이의 즐거움. 아무런 결과도 없는 즐거움. 태양과 노랫소리가 만들어 낸 즐거움이었다. 사람들을 웃게 하려고 허리에 수건을 두르고 여자 흉내를 내는 소년을 보는 것 같은 그런.

하지만 지금, 일요일 저녁은 권태로웠다. 지니아는 혼자서는 더 이상 결정을 내리지 못하고 다른 사람들에게 끌려 다니곤 했다.

그녀는 그나마 부티크에서 즐거움을 찾았다. 주인이 고객의 옷에 핀을 꽂도록 지시할 때 아둔한 손님들이 하는 이야기가 웃기기도 했다. 더 재미있는 건, 부티크 주인이 손님의 말을 믿는 척하며 진지한 연기를 하는 순간이었다. 거울은 사악하게 웃음 짓는 주인을 비추곤 했다.

한번은 금발 여자가 왔다. 그녀는 차를 가지고 온 듯한 뉘앙

스를 풍겼다. 지니아는 생각했다.

'차가 진짜 있다면 더 좋은 재단사에게 갔겠지.' 그녀는 젊고 키가 컸으며 어쩐지 무책임한 인상이었다. 하지만 지니아는 그녀가 정말 미인이라고 생각했다. 아름답고 늘씬했으며, 속바지와 브라 외에 아무것도 걸치지 않아도 여전히 그랬다. 그녀가 포즈를 취했다면 훌륭했을 것이다. 아니, 정말 모델일지도 모른다. 거울 앞을 유유히 걷는 모습이 아멜리아와 똑같았으니까.

다음 날 지니아는 그 여자의 청구서를 보았지만 간단히 성만 적혀 있어서 여전히 정체를 알 수 없었다. 그래서 그녀는 지니아에게 '모델 아가씨'로 남았다.

어느 날 저녁 지니아는 세베리노의 친구에게 초대를 받았다. 그는 랜턴을 갖다 주러 집에 왔었다. 다음 날 지니아는 그의 가게에 들렀다. 그는 세베리노 또래의 젊은 남자로 그녀는 그를 무서워하지 않았다. 늘 작업복을 입고 있었고, 몇 년 전에는 그녀의 손목을 잡고 "전기 충격이 필요하냐?"며 장난치던 사람이었다. 이제 그는 이 사이로 혀를 내밀고 그녀를 바라봤다. 지니아가 그곳에 간 건 그의 가게에서 아멜리아의 집 문이 보였기 때문이었지만, 마시모는 그녀가 그저 가볍게 웃고 잡담을 하다가 다음 날도 다시 들르는 이유를 분명 상상도 하지 못했을 것이다.

그들은 분홍색과 하늘색 조명을 구경하며 장난을 쳤다. 창밖으로 오가는 사람들이 보였고 지니아는 아멜리아가 하얀 드레스를 입고 다닌다는 얘기가 사실이냐고 마시모에게 물었다.
"내가 어떻게 알아?" 마시모가 대답했다. "너희 같은 애들이 한둘이야? 세베리노는 알겠지만."
"왜 세베리노야?"
"세베리노는 암말 스타일을 좋아하잖아. 스타킹 안 신는 개 맞지?"
"세베리노가 그렇게 말했어?" 지니아가 물었다.
"뭐, 넌 동생이면서 그것도 몰라?" 마시모가 웃으며 말했다. "아멜리아한테 직접 물어봐. 항상 너네 집에 오지 않았어?"

지니아는 한 번도 그런 가능성에 관해 생각해 본 적이 없었다. 세베리노가 아멜리아를 좋아했고, 그것을 서로 확인했고, 어쩌면 몰래 만나기도 했을 것이라는 생각이 그녀의 하루를 망쳐 놓았다. 그게 사실이라면 아멜리아가 보여준 모든 우정은 가식이었다.

'난 정말 애구나.'

화를 참으려 애쓰면서, 그녀는 아멜리아의 벗은 몸을 봤을 때 얼마나 역겨웠는지를 떠올렸다.

'정말일까?'

오빠가 누군가에게 반했다는 게 상상이 가지 않았다. 오히려 이런 확신이 들었다. 세베리노도 아멜리아가 벗은 채로 포즈 취하는 걸 봤다면, 불쌍한 아멜리아를 더는 마음에 들어 하지 않았을 거라고.

'아냐, 어쩌면 마음에 들었을지도? 옷을 벗었기 때문에?' 그녀는 절망적으로 생각했다.

저녁이 다가오자 지니아는 차츰 마음이 진정되었고, 마시모가 그냥 할말이 없어 지껄인 거라고 스스로를 위로했다. 세베리노가 식탁 앞에 앉자, 그녀는 그의 손과 부러진 손톱을 바라보았다. 아멜리아의 삶은 분명 이런 손에 익숙하지 않을 것이다.

희미한 빛 아래 홀로 남아 아멜리아가 그녀를 부르러 오던 아름다운 8월의 저녁들을 떠올리며 지니아가 생각에 잠겼을 때, 문 뒤에서 그녀의 목소리가 들렸다.

5

"널 보러 왔어." 아멜리아가 말했다. 지니아는 선뜻 대답하지 않았다.

"아직도 나한테 화났어?" 아멜리아가 물었다. "지난 일은 지난 일로 하자. 오빠는 없어?"

"지금 나갔어."

아멜리아는 오래된 옷을 입고 있었지만, 산호색 핀으로 장식한 아름다운 헤어스타일을 하고 있었다. 그녀는 소파에 앉자마자 나갈 계획인지 바로 물었다. 예전과 같은 음성이었지만 감기 걸린 것처럼 더 낮았다.

"날 찾아온 거야, 아니면 세베리노야?" 지니아가 말했다.

"다른 사람 얘긴 신경 쓰지 마. 그냥 심심해서 그래. 같이 갈래?"

지니아는 스타킹을 갈아 신고 계단을 뛰어 내려갔다. 지니아는 그동안 무슨 일이 있었는지 이야기했고, 아멜리아는 잠자코 그 이야기를 들어 주었다.

"뭐 하고 지냈어?" 지니아가 묻자, 아멜리아가 웃음을 터뜨리며 답했다. "내가 뭘 했길 바라는데? 뭐, 아무것도 안 했지. 오늘 저녁에 '지니아가 아직도 바르베타를 생각하는지 확인해 보자'고 생각했을 뿐이야."

더 캐낼 순 없었지만 그녀는 만족했다. "술 한잔 하러 갈까?" 지니아가 제안했다.

그들이 술을 마시는 동안, 아멜리아가 물었다. "왜 날 찾아오지 않았어?"

"어디서 널 찾아야 할지 몰랐어."

"상상력을 좀 발휘하지? 카페에서 하루 종일 있었는데."

"네가 말해 준 적 없잖아."

다음 날 지니아는 아멜리아를 찾아 카페에 갔다. 새로 생긴 상점가 아래 카페였다. 지니아는 두리번거리며 아멜리아를 찾았다. 아멜리아는 마치 자기 집인 양 큰 소리로 지니아를 불렀는데, 세련된 회색 코트에 베일 달린 모자를 쓰고 있어 처음엔 그녀를 못 알아볼 뻔했다. 그녀는 마치 포즈를 취하듯이 다리를 꼬고 턱을 주먹에 괸 채 앉아 있었다.

"너 정말로 오고 싶었구나?" 아멜리아는 미소 지었다.

"누굴 기다려?" 지니아가 물었다.

"난 항상 기다리지." 아멜리아는 지니아를 자기 옆에 앉히며 말했다.

"그게 내 일이야. 화가 앞에서 옷을 벗을 수 있으려면 줄 서야 하거든."

아멜리아는 테이블 위에 신문과 담배 한 갑을 놓아 두고 있었다. 돈벌이를 하고 있다는 뜻이었다. 지니아는 잠시 그녀를 응시했다. "네 모자 예쁘긴 한데 좀 늙어 보여."

"나 늙었어." 아멜리아가 대꾸했다. "불만 있어?"

아멜리아는 마치 소파에 기대듯 거울에 등을 붙이고 있었다. 그녀의 시선은 맞은편 거울을 향해 있었고, 그 거울에 나란히 비친 지니아의 모습은 아멜리아보다 작아서 둘은 마치 엄마와 딸 같았다.

"항상 여기 있어?" 지니아가 물었다. "화가들이 와?"

"마음 내킬 때 오지. 오늘은 아무도 안 왔어."

샹들리에는 켜져 있었고 많은 사람들이 쇼윈도 앞을 지나가고 있었다. 주변은 담배 연기로 가득했지만, 너무 밝고 조용해서 소음과 말소리들이 마치 먼 데서 들려오는 것 같았다.

지니아는 구석에 앉아 웨이터와 이야기를 나누고 있는 두 소녀를 지켜보았다.

"모델들이야?" 그녀가 물었다.

"모르는 애들이야." 아멜리아가 말했다. "커피 마실래? 아니면 아페리티보?"

지니아는 카페는 남자와 연애하는 장소라고 생각했기에 아

아멜리아가 여기서 혼자 오후 시간을 보낸다는 게 놀라웠다. 그러나 부티크를 나와 아케이드 거리를 거닐다가 갈 곳이 생겼다는 게 너무 좋았다. 그래서 다음 날도 다시 그곳에 갔다. 아멜리아가 기쁜 마음으로 자신을 만나고 있다는 것만 확신할 수 있다면 더 행복할 텐데.

 이번에는 아멜리아가 카페 창문 너머로 그녀를 발견하곤 손짓을 하며 밖으로 나왔다. 둘은 함께 트램을 탔다.

 그날 저녁 아멜리아는 별로 말이 없었다. "전부 예의 없는 놈들뿐이야." 단지 그렇게만 말했다.

"누굴 기다렸어?" 지니아가 물었다.

 헤어지기 전 그들은 다음 날 만날 약속을 했고, 지니아는 확신했다. 이젠 아멜리아가 그녀를 만나고 싶어 하고, 문제가 있다면 예의 없는 놈들 때문일 거라고.

"어떻게 하는 거야? 화가가 와서 '포즈를 취해 볼래?'라고 물어봐?" 지니아가 웃으며 물었다.

"아무 말도 안 하는 사람도 있어." 아멜리아가 설명했다. "모델을 원하지 않는 사람들."

"그럼 뭘 그리는데?"

"있잖아. 어떤 화가가 그러더라. 자기는 립스틱 바르는 식으로 그림을 그린다고. '넌 입술에 립스틱 바르지? 나도 립스틱 바르듯 똑같이 캔버스에 그리는 거야' 이러더라고."
"하지만 립스틱은 입술에 바르는 거잖아."
"그 사람은 캔버스에 바르는 거지. 잘 가, 지니아."
 아멜리아가 이렇게 무표정하게 비꼬듯 말할 때면 지니아는 뭔가 안 좋은 일이 일어나는 건 아닐까 불안해졌다. 집으로 돌아오는 길에 그녀는 괜히 서글펐다. 다행히 집에 도착하자마자 세베리노를 위해 파스타를 서둘러 준비해야 했다. 그렇게 저녁을 먹고 나면 또 기분이 달라졌다. 곧 밤이 다가왔고, 혼자서 혹은 로사와 함께 외출할 시간이 되었다.
 가끔은 이렇게 생각했다. '이게 무슨 삶이야. 잠깐도 쉬질 못하네.' 하지만 그녀는 그런 삶이 마음에 들었다. 그렇게 오후를 바쁘게 보내야 저녁에 아멜리아가 있는 카페에 들러 그 평온한 휴식의 순간을 만끽할 수 있기 때문이었다. 아멜리아가 없었다면 좀 더 자유로웠을지는 몰라도 그녀 없이 뭘 할 수 있었을까? 요즘은 하루하루가 시들해지고 거리를 걷는 일에서조차 아무런 기쁨도 찾을 수 없는데.
 올겨울 무슨 일이 일어난다면 그건 분명 로사나 클라라 같은 얼간이들 때문이 아니라 아멜리아 덕분일 터였다.

 카페에서 지니아는 아는 사람들을 조금씩 늘려갔다. 바르베타를 닮은 신사는 떠날 때마다 아멜리아에게 손을 흔들었다. 그들에게 정중하게 인사했지만 아멜리아는 지니아에게 그 사람은 화가가 아니라고 말해 주었다. 때때로 우아한 여자와 함께 차를 몰고 와 아케이드 앞에 주차를 하는 키가 큰 청년이 있었다. 그는 가끔 카운터에 서 있곤 했지만, 아멜리아는 그 역시 화가는 아닐 거라고 말했다. "화가가 그렇게 많지는 않아. 알겠어? 진짜로 일하는 사람은 카페에 안 와."

아멜리아는 손님보다는 웨이터들과 더 친했다. 지니아 역시 그들의 농담을 듣는 걸 좋아했지만 너무 친해지지 않으려고 조심했다.

아멜리아와 자주 함께 앉아 있던 사람이 있었다. 첫 만남에서 인사를 할 때 그는 지니아 얼굴은 쳐다보지도 않았었다. 흰 넥타이를 매고 아주 까만 눈을 한 털이 많은 청년이었는데, 이름은 로드리게스였다. 사실 그는 이탈리아인 같지 않아 보였고, 목을 긁는 듯한 걸걸한 목소리로 말하곤 했다.

아멜리아는 그를 철없는 아이 대하듯 하며 "그 돈을 카페에 낭비하지 말고 열흘만 모으면 모델 한 명 데려올 수 있었잖아"라고 꾸짖었다. 지니아는 재미있게 듣고 있었다. 그는 불안정한 목소리로 아멜리아를 아름다운 여인이라거나 변덕스러운 아이로 부르곤 했다.

아멜리아는 웃어 넘기다가도, 가끔 짜증을 내며 그를 내쫓았다. 그러면 로드리게스는 다른 테이블로 옮겨가 연필을 꺼내 선을 그리며 곁눈질로 그녀들을 훔쳐보았다.

"신경 쓰지 마. 그는 그걸 즐기고 있어."

아멜리아는 그렇게 말했다. 지니아도 차츰 그에게 신경을 끄게 되었다.

어느 날 저녁, 그들은 특별한 목적 없이 함께 걸었다. 산책 도중에 비가 내리는 바람에 어느 집 대문 아래서 비를 피했지만 젖은 스타킹 속은 서늘했다. 아멜리아가 말했다.

"귀도가 집에 있으면 거기 갈래?"

"귀도가 누구야?"

아멜리아가 고개를 내밀고 맞은편 집 창문을 바라보며 말했다.

"불 켜져 있어. 올라가자. 비 맞지 않게."

6층까지 올라가니 꼭대기 층이 나왔다. 아멜리아가 숨을 헐떡이며 멈춰 섰다.

"무서워?"

"뭐가 무서워? 네가 아는 사람이잖아."

문을 두드리자 안에서 웃음소리가 들렸다. 그 웃음은 곧 멈췄지만 로드리게스를 떠올리게 하는 기분 나쁜 웃음이었다. 발소리가 나더니 문이 열렸고, 아무도 보이지 않았다.

"들어가도 돼?" 아멜리아가 안으로 들어가며 물었다.

로드리게스가 거기 있었다. 그는 벽 쪽 소파에 있었고 강렬한 불빛 아래 파묻혀 있었다. 그리고 다른 한 사람, 셔츠 소매를 걷은 흙투성이의 금발 군인이 그들을 보고 웃고 있었다. 지니아는 아세틸렌 빛처럼 보이는 그 빛 속에서 눈을 깜빡였다. 액자들과 커튼이 세 벽을 차지하고 있었고 네 번째 벽은 전부 창문이었다.

아멜리아가 로드리게스에게 농담 반 진담 반으로 웃으며 말했다.

"넌 안가는 데가 없구나!"

그는 손을 흔들며 인사했고, 소리쳤다.

"옆의 친구는 지니아라고 해. 귀도!"

군인은 지니아와 악수하며 건방진 미소를 지었다.

지니아는 침착해야 한다는 걸 깨달았다. 그녀는 시선을 돌려 아멜리아와 귀도의 머리 위에 걸린 그림들을 보았다. 평원과 산이 그려진 풍경화가 대부분이었지만 몇 점의 초상화도 눈에 띄었다. 완성되지 않은 집에서 흔히 보는 것처럼 갓 없는 전등이 눈을 부시게 했지만 방을 충분히 밝히지는 못했다. 가까이서 보니 바르베타의 작업실보다 커튼도 적었고, 붉은 커튼이 걸려 있는 곳 너머에는 다른 방이 있을 것으로 짐작되었다.

귀도가 술을 마실 건지 물었다. 방 가운데에 있는 커다란 테이블 위에 와인 한 병과 잔들이 놓여 있었다. "우린 몸 좀 녹이려고 왔어. 무릎까지 다 젖었거든." 아멜리아가 말했다. 귀도가 짙은색 와인을 따랐다. 아멜리아가 로드리게스에게 잔을 건네자 그가 몸을 일으켜 소파에 앉았다. 그들이 마시는 동안 아멜리아가 말했다. "귀도, 괜찮다면 일어난 김에 다리 좀 녹이게 침대 좀 쓸게. 침대는 여자들을 위한 거야. 지니아, 너도 이리 올래?"

하지만 지니아는 가고 싶지 않았다. 그녀는 "와인 덕분에 몸은 이미 좀 따뜻해졌어"라며 의자에 앉았다. 아멜리아는 신발과 재킷을 벗고 이불 속으로 쏙 들어갔다. 로드리게스는 여전히 소파 가장자리에 앉아 있었다.

"대화 계속해." 아멜리아가 말했다. "근데 이 불빛 너무 신경 쓰여." 그녀는 팔을 뻗어 벽에 걸린 전등을 껐다. "이제 됐네. 담배 하나 줘."

어둠 속에 앉아 있던 지니아는 겁이 났다. 곧 귀도가 소파

쪽으로 걸어가는 소리가 들렸고, 성냥을 켜는 소리에 이어 그림자가 흔들리면서 불꽃에 비친 두 얼굴이 보였다. 다시 어둠이 찾아왔고, 몇 초 동안 모두가 침묵했다. 창문 밖에서 빗방울 떨어지는 소리만 간간이 들렸다.

누군가가 잠시 말을 했지만 지니아는 긴장한 나머지 무슨 말인지 알아듣지 못했다. 담배를 피우며 조용히 어두운 방 안을 서성이는 귀도의 발자국 소리만 들렸다. 그녀는 담배 불씨를 보고 그의 움직임을 느꼈다.

아멜리아와 로드리게스가 투덕거리는 듯한 소리가 들렸고, 지니아는 어둠에 익숙해지며 점점 테이블과 사람들의 그림자, 심지어 몇 점의 그림까지 분간할 수 있게 되었다. 그녀는 차츰 차분해졌다.

아멜리아는 귀도에게 몸을 돌려 자신이 아팠을 때 그 소파에서 잤던 일을 이야기했다. "그때는 네 친구가 없었지. 그런데 지금은 있네. 어이, 뭐 해? 옷 벗어?"

모든 것이 낯설고 이상해서 지니아는 말했다 "꼭 영화 보는 것 같아."

"여기선 표 값은 안 내도 되지." 로드리게스가 구석에서 말했다.

귀도는 여전히 방 안을 이리저리 서성였다. 얇은 바닥이 그의 군화 아래에서 진동했다. 모두가 동시에 떠들고 있었지만, 지니아는 어느 순간 아멜리아가 조용히 있는 것을 깨달았다.

  그녀는 여전히 담배를 들고 있었고 이젠 로드리게스도 침묵했다. 오직 뭔가를 설명하는 귀도의 목소리만 방 안을 가득 채우고 있었지만 지니아는 무슨 말인지 알아들을 수 없었다. 소파 쪽으로 귀를 기울이고 있었기 때문이었다. 가로등에서 새어 나오는 밤의 불빛이 비에 젖은 창문을 통해 방 안으로 스며들었고, 지붕과 홈통 위로 빗방울이 튀고 쏟아지는 소리가 들렸다. 빗소리와 대화가 동시에 멈출 때마다 방 안은 더욱 싸늘해졌다. 지니아는 어둠 속에서 아멜리아의 담배 불빛을 찾으려 눈을 크게 떴다.

6

 비가 그치고, 그들은 문 앞에서 작별을 고했다. 지니아는 가로등에 비친 어수선하고 빗물이 맺힌 작업실 풍경을 다시금 떠올렸다. 귀도는 술을 따르거나 뭔가를 찾기 위해 몇 번이고 불을 켜곤 했었다. 그러면 아멜리아는 이불로 눈을 가리며 불 좀 끄라고 소리쳤다. 로드리게스는 그녀의 발치에서 벽에 기댄 채 몸을 웅크리고 있었다. 미동도 없었다.
 "저 둘, 방 치워줄 사람 하나 없는 거야?" 집으로 돌아오던 길에 지니아가 물었다. 아멜리아는 귀도가 로드리게스에게 작업실 열쇠를 맡길 만큼 그를 너무 믿는다고 했다.
 "그림도 귀도가 다 그린 거야?"
 "내가 귀도였으면 그 포르투갈 녀석이 몰래 그림들을 팔아치우고 방까지 다시 세 놓을까 걱정할 텐데."
 "너, 귀도의 모델 일도 했었어?"
 아멜리아는 걸으면서 로드리게스를 알게 된 경위를 이야기했다. 그녀가 좀 더 어렸던 시절에 화가들의 모델 노릇을 할 때, 로드리게스는 지금처럼 종종 작업실에 들렀다고 했다. 그는 작업실이 마치 카페라도 되는 것처럼 한쪽 구석에 웅크리고 앉아 말없이 그녀와 화가를 번갈아 바라봤다. 그때부터 그는 이미 하얀 넥타이를 매고 다녔고, 다른 모델에게도 똑같은 행동을 했다.

"근데 걔는 그림 그리긴 해?"

"제정신이면 누가 그 사람 앞에서 알몸으로 서 있으려고 하겠니?"

지니아는 귀도의 그림을 다시 보고 싶었다. 낮의 햇빛 아래서만 색이 제대로 드러날 거라는 걸 알았기 때문이다. 로드리게스가 없다는 확신만 있었다면 용기를 내어 혼자 찾아갔을 수도 있었다. 그녀는 계단을 올라가 문을 두드리고 군복 바지를 입은 귀도가 나오는 모습을 상상했다. 어색함을 깨기 위해 그에게 농담을 하고 미소 짓는 장면까지.

그는 화가처럼 보이지 않아서 더 멋졌다. 처음 만났을 때 다정한 미소를 지으며 그가 내민 손, 어두운 방 안에서 들려오던 그의 목소리, 불이 켜진 순간 로드리게스와 아멜리아와는 별개로 마치 둘만 있는 것처럼 자신을 바라보던 그의 눈빛이 떠올랐다. 하지만 지금 귀도는 없을 테고 상대해야 할 사람은 다른 남자였다.

다음 날 카페에서 지니아는 귀도가 적어도 일요일에는 집에서 쉬는지 물었다.

"예전이라면 내가 알았을 텐데, 한동안 그를 만난 적이 없어."

아멜리아가 대답했다.

"로드리게스는 원하면 아무 때나 오라고 하던데."

"조심해." 아멜리아가 말했다.

며칠 동안 그들은 로드리게스를 카페에서 보지 못했다.

"나랑 내기할래? 지금쯤 우리가 방문하길 기다리는 중일 거야. 침대 하나 마련해 놓고 다시 우리를 만나려고 쇼를 하면서 우리를 맞이하려는 거겠지." 아멜리아가 말했다.

"그럴 리 없어." 지니아가 대답했다. 다시 생각해 보니, 그날 아멜리아가 불을 끄고 침대에 누운 것이 그렇게 뻔뻔한 짓만은 아닌 듯했다. 귀도도 로드리게스도 별다른 반응을 보이지 않았으니까.

지니아를 괴롭힌 건, 오히려 귀도가 그 방에 혼자 살 때 아멜리아가 침대에서 무엇을 했을까 하는 상상이었다.

"귀도는 몇 살이야?"

"예전엔 지금의 내 나이였지."

하지만 로드리게스는 여전히 나타나지 않았다. 어느 날 장을 보러 나갔다가 지니아는 그날 밤의 거리를 지나게 되었다. 그녀는 위를 쳐다보았고, 작업실의 삼각형 외관을 알아보았다. 망설임 없이 끝없이 늘어선 계단을 올랐다. 하지만 꼭대기 층 마지막 복도에 이르자 문이 여러 개라 어느 것을 선택할지 결정할 수가 없었다. 문 앞에 명패 하나조차 붙어 있지 않은 걸 보니 귀도는 무명의 화가인 듯했다. 지니아는 계단을 내려가면서, 그날 밤의 그 조명이 화가에게는 죽음과도 다름없었을 거라고 안타까운 마음으로 생각했다. 나중에 아멜리아를 만났을 때 그녀에게 이 방문에 대해 털어놓진 않았다.

어느 날 함께 이야기를 나누다가 지니아는 사람들이 왜 화가가 되는지를 물었다.

"그림 사는 사람이 있으니까." 아멜리아가 대답했다.

"다 그런 건 아니잖아. 아무도 안 사는 그림을 그리는 화가들도 있고."

"그건 일종의 자기 취향이야. 근데 먹고 살긴 힘들지."

"그래도 그림을 그리면 만족감이 있잖아." 지니아가 말했다.

"넌 입지도 않을 드레스를 굳이 만들겠니? 가장 교활한 건 로드리게스야. 화가 행세는 하지만 붓 쥔 걸 본 사람은 아무도 없어!"

바로 그날 로드리게스가 카페에 나타났다. 그는 수첩을 들고 열심히 무언가를 그리는 중이었다.

"뭘 그리는 거야?" 아멜리아가 묻더니 그의 수첩을 빼앗았다. 지니아도 호기심에 들여다봤지만, 인간의 기관지처럼 보이는 복잡하게 얽힌 선들뿐이었다.

"뭐야, 상추야?" 아멜리아가 물었지만, 로드리게스는 아무 대답도 하지 않았다.

그들은 수첩을 넘겼다. 그림이 많이 있었다. 앙상한 식물 같은 그림, 검은 점들이 그려져 있는 눈 없는 얼굴들, 얼굴인지 풍경인지 알 수 없는 것들.

"이건 밤에 가스등 불빛 아래서 본 사물들이야." 아멜리아가 말했다. 로드리게스는 웃었고, 지니아는 짜증보다는 고통을 느꼈다.

"별 볼 일 없네. 날 저렇게 그렸으면 절교했을 거야." 아멜리아가 말했다.

로드리게스는 그녀를 바라봤지만 아무 말도 하지 않았다.

"모델이 아깝다. 도대체 모델은 어디서 구하니?"

"난 모델 안 써. 내 종이를 너무 존중하거든."

그 순간 지니아는 귀도의 그림을 다시 보고 싶다고 말했다. 로드리게스는 수첩을 주머니에 넣으며 "기꺼이"라고 답했다.

결국 그들은 돌아오는 일요일에 작업실을 방문했고, 지니아는 약속 시간에 늦지 않기 위해 미사를 빠졌다.

건물 입구에서 만나기로 했지만 아무도 없었다. 그녀는 혼자 계단을 올라갔다. 이번에도 네 개의 문 앞에서 망설였고, 결국 계단을 반쯤 내려오다 자신이 바보 같다는 생각에 다시 올라가 맨 끝 방문 앞에 귀를 가져다 댔다. 그때 다른 문에서 어떤 여자가 나왔다. 헝클어진 머리에 잠옷 차림인 그 여자는 양동이를 들고 있었다. 지니아는 자세를 바르게 한 후 그 여자에게 다가가 화가네 집이 어딘지 물었다. 그러나 여자는 그녀를 쳐다보지도 않고 대답도 없이 복도를 빠르게 걸어가 버렸다.

지니아는 얼굴이 빨갛게 상기된 채 몸을 떨다가, 심호흡을 한 후 계단을 내려왔다.

현관문으로 사람들이 이따금 드나들었고, 그들은 지나가면서 그녀를 쳐다보았다. 지니아는 비참한 기분으로 걷기 시작했다. 맞은편 인도의 정육점 소년이 문설주에 기대어 사악하게 그녀를 노려보았다. 차라리 수위 아주머니에게 작업실이 어딘지 물어볼까 했지만, 이제는 아멜리아를 그냥 기다리는 편이 나았다.

거의 정오였다. 더 나쁜 건, 그날 오후엔 아멜리아와 아무 약속도 잡지 않았다는 사실이었다. 결국 그 오후를 혼자 보내야 할 터였다.

'왜 이렇게 되는 일이 없지.' 그렇게 생각하던 찰나, 로드리게스가 문 앞에 나타나 손짓했다.

"아멜리아는 위에 있어." 그가 아무렇지도 않게 말했다. "올라 오래."

지니아는 말없이 그를 따라 계단을 올랐다. 어떤 인기척도 들리지 않았던 바로 그 맨 끝 방이었다. 아멜리아는 소파에 앉아 카페에 있을 때처럼 담배를 피우고 있었다.
"왜 안 올라왔어?" 아멜리아가 곧바로 침착하게 물었다.
지니아는 "바보"라고 했지만, 두 사람이 지니아가 올라와야 했다는 걸 너무 당연히 여기는 듯한 태도라 더는 논쟁할 수가 없었다. 자신이 문에 귀를 대고 무슨 소리가 나는지 들으려 했다는 말도 할 수 없었다. 그게 더 이상하니까. 하지만 아멜리아와 로드리게스가 그토록 조용한 것만 봐도 그 소파는 이미 많은 것을 알고 있음이 분명했다.
'나를 바보로 아나 봐.' 지니아는 생각하며 왜 아멜리아의 머리카락이 헝클어졌는지, 로드리게스의 눈빛에서 무엇을 읽을 수 있는지를 알아내려 했다. 아멜리아의 베일 달린 모자는 탁자 위에 던져져 있었다. 창가에 등을 기대선 로드리게스는 묘한 표정으로 모자를 응시했다.
"베일 달린 모자는 지니아한테 더 잘 어울릴지도 모르겠네." 아멜리아가 느닷없이 말했다.

지니아는 얼굴을 찡그리며 미동도 하지 않은 채 아멜리아 머리 위에 걸린 그림들을 보기 시작했다. 하지만 그 작은 그림들에는 더는 마음이 끌리지 않았다. 코끝을 치켜들자 차갑고 퀴퀴한 냄새 속에서 아멜리아의 향수 냄새가 났다. 지난번에도 이런 냄새였던가. 기억이 나질 않았다.

그녀는 방 안을 걸어 다니며 벽에 걸린 그림들을 살폈다. 풍경화나 과일 담긴 접시 그림 앞에서 멈췄고, 시선을 떼지 못했다. 아무도 말하지 않았다. 여자들의 초상화들도 있었지만, 모르는 얼굴들이었다. 방의 끝에 이르자 벽 전체를 가리고 있는 해지고 무거운 천으로 만든 짙은 커튼을 마주했다. 커튼 뒤에서 귀도가 술잔을 꺼냈었던 기억이 났다.

"들어가도 돼요?" 그녀가 조용히 속삭였다. 하지만 로드리게스가 뭔가를 말하고 있었기 때문에 아무도 듣지 못했다.

지니아는 커튼을 걷었고, 그 틈으로 안을 보았다. 그곳엔 정리되지 않은 침대와 세면대가 있었다. 그 안에도 아멜리아의 향수 냄새가 배어 있었다. 그녀는 생각했다. 저런 구석에서 혼자 잠드는 것도 정말 멋질 것 같다고.

7

"로드리게스는 네가 그를 위해 포즈를 취해 주길 죽도록 바라고 있어." 집으로 가는 길에 지니아가 말했다.

"그래서 어쩌라고?"

"못 봤어? 어찌나 네 다리만 쳐다보며 우리 주위를 맴돌던지."

"맘껏 보라지." 아멜리아가 툭 던졌다.

"너, 귀도의 모델을 해본 적 있어?"

"없어."

광장을 가로지르던 중, 그들은 로사가 어떤 남자와 팔짱을 낀 채 지나가는 모습을 보았다. 피노는 아니었다. 마치 다리를 저는 사람처럼 로사는 상대에게 바짝 밀착되어 있었다.

"저것 봐, 서로를 잃어버릴까 봐 안간힘을 쓰는 것 같네." 지니아가 말했다.

"일요일은 뭐든지 할 수 있는 날이야." 아멜리아가 말했다.

"그래도 광장에서 저러는 건 너무 꼴사납잖아."

"뭘 원하는지에 달렸지. 여자가 멍청한데 간절히 누굴 원하면 별짓 다 하게 돼."

귀도가 복무가 끝난 오후에는 대체로 작업실에 와서 그림을 그린다는 얘기를 지니아는 로드리게스에게서 들어서 알고 있었다.

"밤에도 그릴걸?" 로드리게스는 특유의 쉰 목소리로 웃었다. "캔버스 앞에 서면 황소처럼 눈이 뒤집히니까 그걸 덮어 줄 필요가 있어."

지니아는 조용히 로드리게스가 카페에 가 있을 오후를 골라 혼자 작업실로 향했다. 계단을 오를 때 그녀의 심장은 다시 한번 격하게 뛰었지만, 이번엔 전과는 다른 이유 때문이었다. 문 앞에서 망설이지도 않았다. 문은 열려 있었고, 안에서 귀도의 목소리가 날아왔다.

"들어와!"

지니아는 당황하며 등 뒤로 문을 닫았다. 숨을 헐떡이며 멈춰 섰을 때 아마도 시간 탓이었을까, 벨벳 커튼이 햇살 한 줄기를 받아 방 전체를 붉게 물들이고 있었다. 귀도는 고개를 숙인 채 그녀 쪽으로 걸어왔다.

"무슨 일이야?"

"날 모르겠어요?" 지니아가 말했다.

귀도는 여느 때처럼 셔츠 소매를 걷어 올리고 회녹색 바지를 입고 있었다.

"친구는 어쩌고?" 그가 말했다.

지니아는 자신이 혼자 왔으며 아멜리아는 카페에 남아 있다고 말했다.

"로드리게스가 그림 보러 와도 된다고 해서 전에 한 번 왔는데, 그땐 당신이 없었어요."

"그럼 앉아. 나 작업 좀 마무리해야 해."

귀도는 창가로 돌아가더니 팔레트 칼로 나무 판을 긁기 시작했다. 지니아는 소파에 앉았다. 너무 낮아서 금방이라도 넘어질 것 같았다. 그가 말을 놓아서 지니아는 살짝 당황했지만 동시에 웃음이 났다. 이런 사람들은, 화가든 기계공이든 처음부터 어쩌면 이렇게 스스럼없이 말을 시작할까. 하지만 그 부드러운 빛 속에서 눈을 반쯤 감고 있는 건 아름다웠다.

귀도는 아멜리아에 대해 몇 마디 이야기를 했다. 지니아는 말했다. "우린 친구예요. 그리고 저는 부티크에서 일해요."

방 안의 빛이 점점 사그라들고 있었다. 지니아는 일어나 고개를 돌려 작은 그림을 바라보았다. 그것은 투명하고 즙이 가득한 멜론 조각을 그린 그림으로, 지니아는 그 그림 속의 반사된 듯한 분홍빛이 알고 보니 색칠한 것임을 알아차렸다. 그건 처음 들어왔을 때 벨벳 커튼이 퍼뜨리던 그 붉은 기운을 떠올리게 했다. 그림을 그리려면 이런 걸 알아야 하는 거구나 생각했지만, 감히 입 밖에 내진 않았다.
 그는 그녀 뒤로 다가와 함께 그림을 바라보았다.
"다 옛날 거야." 그는 중얼거렸다.
"하지만 아름다워요." 지니아는 가슴이 두근거렸다. 그 순간 그의 손길이 그녀의 어깨에 닿을 것만 같았다.
"아름다워요." 그녀는 다시 말하며 옆으로 한 걸음 물러섰다.
 귀도는 그림을 바라보며 움직이지 않았다.

 그가 담배에 불을 붙이는 동안, 지니아는 테이블에 몸을 기댄 채 그림 속 인물들이 누구인지와 아멜리아를 그린 적이 있는지를 물었다.
"걘 모델이잖아요."
 귀도는 금시초문이라는 표정으로 처음 듣는 이야기라고 했다.
"제가 본 적 있어요."
"몰랐네. 그 화가는 누구야?"
"이름은 모르지만, 분명히 포즈는 했어요."
"누드로?"
"네."
 귀도는 웃기 시작했다.

"드디어 걔가 적성에 맞는 일을 찾았네. 다리 드러내는 걸 워낙 좋아하더니만. 너도 모델이야?"

"아뇨, 전 일한다고요. 부티크에서요." 지니아는 톡 쏘듯 대답했다.

지니아는 그가 자신의 초상화를 그릴 생각조차 하지 않는 것이 조금 서운했다. 바르베타는 그녀의 옆모습을 좋아했는데, 왜 귀도는 관심이 없을까?

"아멜리아는 늘 이런저런 얘기를 해요." 지니아가 덧붙였다. "뭐든 과장하고 꾸며내죠. 뭘 원하는지 알 수가 없어요."

"어울리면 재미있는 애였지." 귀도가 말했다. "이 작업실에서도 별별 일이 다 있었어."

"지금도 그래요. 아멜리아랑 로드리게스는 틈만 나면 뭔가를 하던걸요."

귀도는 반쯤 장난스럽고 반쯤 진지한 눈빛으로 그녀를 바라봤다. 벌써 어두워져 그의 표정은 희미하게만 드러났다. 그녀는 뭔가 대답을 기다렸지만 돌아오는 말은 없었다. 긴 침묵 끝에 귀도가 입을 열었다.

"지네타, 난 네가 좋아. 담배 안 피워서 좋아. 담배 피우는 여자들은 뭐랄까, 어딘가 복잡한 데가 있는 것 같거든."

"다른 화가들 작업실에서는 페인트 냄새가 진동하던데, 여긴 그런 냄새 없네요."

귀도는 일어서서 재킷을 입었다. "그건 테레빈유야. 좋은 냄새지."

어쩌다 보니 그녀 앞에 그가 서 있었다. 그녀는 자신의 목덜미를 쓰다듬는 그의 손길을 느꼈다. 지니아는 얼빠진 얼굴로 눈을 크게 떴고, 탁자에 엉덩이를 부딪쳤다. 숯처럼 얼굴이 새빨개진 채 그녀는 다가온 그가 속삭이는 소리를 들었다.

"너한텐 테레빈유보다 더 좋은 냄새가 나. 네 겨드랑이 밑에서."

지니아는 그를 밀쳐내고 문을 찾아 달려나갔다. 트램에 오를 때까지도 멈추지 않았다. 저녁을 먹은 뒤, 그녀는 오후에 있었던 그 일을 잊기 위해 영화관에 갔다.

그러나 결국 자신은 작업실로 다시 가게 될 것임을 알았다. 그것이 바로 절망의 이유였다. 이런 식으로 바보 짓을 하다니, 그건 그녀 나이에 맞지 않는 우스꽝스러운 행동이었다. 귀도가 화가 나서 더 이상 그녀를 포옹하지 않길 바랐다. 계단 위에서 그가 무슨 말을 외쳤을 때, 그 말이 돌아와 달라는 말인지 확인조차 하지 않은 자신이 원망스러웠다.

영화관의 어둠 속에서 지니아는 저녁 내내 아프게 생각했다. 이제 무슨 결정을 하든 결국은 다시 그에게 향하게 될 거라고. 그가 너무 보고 싶고, 사과하고 싶고, 자신이 어리석었다고 말하고 싶다는 갈망이 스스로를 미치게 만들 것임을 그녀는 알았다.

다음 날 지니아는 그곳에 가지 않았지만, 겨드랑이를 씻고 온몸에 향수를 뿌렸다. 자신이 괜히 그를 자극한 건 아닐까 생각하면서, 동시에 용기를 낸 것이 기쁘기도 했다. 이제 남자들이 어떻게 사랑에 빠지게 되는지 알게 되었으니까.

'아멜리아가 이런 건 전문일 텐데,' 지니아는 생각했다. '하지만 아멜리아는 이런 걸 알기 위해 고생을 했겠지.'

카페에 아멜리아와 로드리게스가 같이 있는 것이 보였다. 지니아가 카페로 들어서자마자 아멜리아가 짐짓 의미심장한 시선을 보냈다. 지니아는 그들이 다 알고 있는 건 아닌가 하는 생각에 움찔했지만, 금세 마음을 가라앉히고 피곤하고 지겹다는 듯 행동했다. 로드리게스의 실없는 수다를 듣는 동안에도 그녀는 계속 귀도의 목소리를 떠올렸다.

이제 많은 것들이 선명해졌다. 로드리게스가 아멜리아에게 말할 때 왜 그렇게 몸을 숙이는지, 왜 고양이처럼 눈을 감는지, 왜 그들이 그렇게 잘 지내는지를.

'로드리게스는 남자의 욕망은 다 가지고 있어. 귀도보다 더

해, 아멜리아.' 그녀는 혼자 있을 때처럼, 쿡쿡 웃고 말았다.

다음 날 지니아는 다시 작업실로 향했다. 아침에 부티크의 비체 부인이 오늘은 축일이니 오후에는 집에 있어도 된다고 무뚝뚝하게 말했다. 집에 도착했을 때, 세베리노는 셔츠를 갈아입고 행사에 갈 준비를 하고 있었다. 국경일이라 거리에 깃발이 나부끼고 있었다.

"군인들도 외출 허가를 받으려나?" 지니아가 물었지만, 세베리노는 투덜거렸다.

"잠 좀 자게 해 줬으면 좋겠어."

행복에 들뜬 그녀는 아멜리아도 로사도 기다리지 않고 혼자 집을 도망치듯 나섰다. 하지만 작업실 문 앞에 다다랐을 때 그녀는 문득 아멜리아와 함께 오지 않은 것을 후회했다.

"일단 올라가서 아멜리아가 있는지나 보자." 그녀는 중얼거리며 천천히 계단을 올랐다. 물론 그 시간에 아멜리아가 거기 없을 거라는 건 알고 있었다. 그녀는 지금쯤 아케이드 아래에 있을 터였다. 그런데 문 앞에 이르러 숨을 고르는 순간, 안에서 로드리게스의 목소리가 들려왔다.

8

문은 열려 있었고, 창문을 통해 하늘이 보였다. 로드리게스의 목소리는 크고 집요했다.

지니아는 문 안쪽으로 몸을 내밀었다. 귀도는 테이블에 몸을 기대고 그의 말을 듣고 있었다.

"들어가도 될까요?" 그녀는 속삭였지만, 그들은 듣지 못했다. 회녹색 셔츠를 입은 귀도는 마치 노동자처럼 보였다. 그의 눈은 지니아를 향해 있었지만 마치 그녀를 보고 있지 않은 것처럼 멍했다.

"아멜리아를 찾고 있었어요." 그녀는 힘없이 말했다.

그제서야 말을 멈춘 로드리게스는 소파 위에서 한쪽 무릎을 손으로 감싸 안은 채 그녀를 바라보았다.

"아멜리아 여기 없어요?"

"여긴 카페가 아니야." 로드리게스가 퉁명스럽게 말했다.

지니아는 귀도를 바라보며 잠시 머뭇거렸다. 그는 손을 등 뒤로 해서 테이블에 몸을 기대며 눈을 가늘게 떴다.

"예전엔 이런 식으로 여자들이 들락거리는 일이 없었는데." 그가 말했다. "네가 끌어들이는 거야?"

그녀는 고개를 숙였지만, 그의 말투로 보아 화난 것은 아님을 알 수 있었다.

"들어와. 바보 같은 행동 그만하고." 두 사람이 말했다.

그날 오후는 지니아가 살면서 보낸 시간 중 가장 근사한 오후였다. 그녀의 유일한 걱정은 아멜리아가 불쑥 나타나 뭐라고 한마디 하는 것이었다.

시간은 흐르고 귀도와 로드리게스는 계속해서 논쟁을 했다. 그는 번번이 웃으면서 지니아를 쳐다보았다. 그러면서 그녀더러 로드리게스를 바보로 부르도록 명했다.

그들의 논쟁은 회화에 관한 것이었고, 귀도는 열정을 담아 '색은 그냥 색일 뿐'이라고 주장했다.

로드리게스는 무릎을 움켜쥔 채 고집을 부리거나, 가끔은 말없이 있거나, 때로는 장난치듯 수탉처럼 웃었다.

지니아는 귀도의 말이 무슨 뜻인지 정확히는 이해하지 못했지만, 그의 말소리를 듣는 것만으로도 즐거웠다. 그는 힘있고 탄력 있는 목소리를 가지고 있었고, 그가 그녀의 눈을 똑바로 바라보는 동안 지니아는 숨조차 쉴 수 없었다.

조금 남아있던 햇빛이 지붕 위를 물들이고 있었다. 지니아는 창가에 앉아 하늘로부터 두 남자에게로 시선을 옮겼고, 그들 뒤로 붉은 벨벳 커튼이 배경처럼 드리워져 있었다.

그녀는 생각했다. '저 커튼 뒤에 몸을 숨기고 자신이 혼자 있다고 믿는 누군가를 몰래 염탐한다면 정말 재미있을 거야.'

그때 귀도가 말했다.

"춥다. 차 남았어?"

"차도 있고 가스 스토브도 있어. 비스킷만 없지."

"그럼 오늘은 지네타가 차를 끓이지 뭐." 귀도가 그녀를 돌아보며 말했다.

"스토브는 커튼 뒤에 있어."

"차라리 비스킷이나 사오라고 하지." 로드리게스가 말했다.

"말도 안 돼요. 남자가 가야죠." 지니아가 맞받아쳤다.

그들이 계속 이야기하는 동안 지니아는 커튼 뒤로 가 작은 스토브와 찻잔, 찻잎통을 찾았다. 가스불이 간신히 밝히고 있는 작고 어두운 공간에서 물을 올리고 싱크대에서 찻잔을 헹구었다. 뒤에서 두 남자의 목소리가 들렸다. 마치 빈 집 같은 그 구석에 혼자 있는 것 같았고 그곳의 평온함 속에서 생각을 정리할 수 있었다.

커튼과 벽 사이 좁은 공간에 헝클어진 침대가 어렴풋이 보였다. 지니아는 아멜리아가 그 위에 누워있는 모습을 상상했다.

밖으로 나왔을 때, 그들은 호기심 가득한 눈으로 그녀를 바라보고 있었다. 지니아는 모자를 벗었고 뒤를 한 번 돌아본 후 창가 근처에서 팔레트처럼 물감이 덕지덕지 묻은 큰 접시를 집었다. 귀도는 바로 상황을 알아차리고 상자들 사이에서 깨끗한 접시를 꺼내 건넸다. 지니아는 그 위에 아직 젖어 있는 찻잔들을 올려놓고, 다시 스토브 곁으로 가 차를 준비했다.

차를 마시는 동안 귀도가 말했다.

"이 찻잔들, 옛날에 어떤 여자애가 자기 초상화를 그려 달라고 하면서 선물로 준 거야."

"그럼 그 그림은 어디에 있어요?" 지니아가 물었다.

"모델은 아니었어." 귀도가 웃으며 말했다.

"군복무는 얼마나 더 남았어요?" 지니아는 차를 천천히 마시며 물었다.

"로드리게스는 싫어하겠지만, 한 달이면 끝나지."

그리고 덧붙였다.

"그런데 이제 화 안 났어?"

지니아는 입을 삐죽 내밀고, 고개를 저으며 천천히 미소 지었다.

"그럼 이제 서로 말 놓자." 귀도가 말했다.

저녁이 되자 모든 것이 특별하게 아름다워졌다. 지니아를 데리러 집에 온 아멜리아도 기분이 좋아 보였다.

"축제라서 사람들이 한가하면 난 늘 기분이 좋아." 두 사람은 함께 산책을 나가, 마치 장난스러운 어린아이처럼 웃고 떠들었다.

"오늘 어디 있었어?" 그녀가 걸으며 물었다.

"특별한 건 없었어." 지니아는 대답했다.

"언덕 올라가서 춤이나 출까?"

"이제 여름은 끝났잖아. 거긴 진흙탕일걸."

마치 마법에 걸린 듯 그들은 자연스레 작업실 쪽으로 발길을 옮기고 있었다.

"난 거기 안 갈래." 지니아가 말했다. "너의 화가들, 이제 질렸어."

"누가 거기 가자고 했어? 오늘 밤엔 어디에도 얽매이지 말자."

그들은 다리 위에서 물 위에 비치는 반짝이는 불빛을 바라보며 멈춰 섰다.

"바르베타 만났어. 너에 대해 묻더라." 아멜리아가 말했다.

"너를 그리는 게 지겹지도 않나?"

"카페에서 봤어."

"그 사람, 내 초상화 준다더니 어쩐 거야?" 하지만 아멜리아와 대화를 하며 지니아의 생각은 딴 데 가 있었다.

"작년 여름엔 귀도랑 뭘 했어?"

"그냥 웃으며 잔이나 깨고 그랬지."

"그럼 싸운 거네."

"지니아, 그는 여름 끝나고 시골로 가버리더니 한동안 안 나타났어. 그리고 나타나고 싶을 때 나타난 거지."

"처음엔 귀도를 어떻게 알게 됐어?"

"그런 걸 어떻게 기억해? 걔의 모델을 하든 안 하든 그게 중요한가?"

하지만 그날 밤은 싸우고 싶은 기분도 아니었고, 강가에 서 있기엔 날씨도 너무 추웠다. 아멜리아는 담배에 불을 붙이고 난간의 돌에 기댄 채 담배를 피웠다.

"길거리에서도 피우니?" 지니아가 물었다.

"카페에서 피우는 거랑 뭐가 달라?" 아멜리아가 받아쳤다.

하지만 앉기 위해 카페에 가지는 않았다. 아멜리아가 종일 그곳에 있는 것을 지겨워했기 때문이다. 대신 집으로 돌아가던 그들은 영화관 앞에서 멈췄다. 안으로 들어가기에는 너무 늦은 시간이었다. 포스터 사진을 바라보던 중, 검은 옷을 입은 세베리노가 찌푸린 얼굴로 나왔다. 그는 턱을 들어 아멜리아에게 인사하고 돌아와 함께 이야기를 나눴다. 지니아는 오빠가 이렇게 다정한 걸 처음 봤다. 심지어 그는 아멜리아의 모자 베일에 대해서도 한마디 했고 영화에 관해 농담했다. 아멜리아는 카페에서 웨이터들의 농담에 웃을 때와는 달리, 마치 예전에 여자 친구들과 있을 때처럼 입을 벌리고 이를 드러내며 웃었다. 그건 한동안 보지 못한 웃음이었다. 아멜리아의 목소리는 확실히 쉬어 있었고, 지니아는 '담배 때문이겠지'라고 생각했다. 세베리노는 그들을 바까지 데려가 커피값을 내고 아멜리아에게 일요일에 함께 만나자고 했다.

"춤추러?"

"그럼!"

"그럼 지니아도 와야겠네." 아멜리아가 말했다.

지니아는 웃음을 참을 수 없었다.

그들은 아멜리아를 문 앞까지 데려다 주고, 문이 닫히자 함께 집으로 돌아갔다.

'귀도도 세베리노랑 나이가 비슷하네.' 지니아는 생각했다. '그가 내 오빠로 태어났을 수도 있었겠지. 인생이란 이상해. 내가 잘 알지도 못하는 귀도가 내 팔짱을 끼고, 모퉁이에 멈춰 서서 나를 여자로 대하고 우린 서로를 바라보겠지. 그는 나를 지네타라고 불러. 서로 잘 모른다고 해서 사랑하지 말

란 법은 없어.'

그렇게 생각하며, 그녀는 어린아이의 기분으로 세베리노 옆을 총총 걸었다. 갑자기 그에게 아멜리아를 좋아하냐고 물었고, 그를 놀라게 한 걸 깨달았다.

"걔는 낮에 뭐 해?" 세베리노가 되물었다.

"모델이야."

세베리노는 이해하지 못한 듯 그녀가 옷을 참 잘 입는다고 말하기 시작했다. 지니아는 화제를 바꿔 지금이 자정이냐고 물었다.

"조심해. 아멜리아는 영리하니까 넌 그냥 들러리로 보일 걸?" 세베리노가 경고했다.

지니아는 아멜리아와 자주 만나지 않는다고 했고 세베리노는 말없이 담배를 피우며 걸었다. 둘은 마치 서로 무관한 이방인처럼, 각자 홀로인 듯 대문 앞에 이르렀다.

그날 밤 지니아는 거의 잠을 이루지 못했다. 이불은 무겁게 몸을 짓눌렀고 생각은 점점 비현실적으로 번져갔다. 마치 자기 혼자 헝클어진 침대에 몸을 누인 채 작업실 구석에 있는 듯했고, 커튼 너머에서 귀도가 움직이는 소리를 들으며 그와 함께 살고, 키스하고, 그를 위해 요리를 해 주는 삶을 상상했다.

입대 전 귀도는 어디에서 식사를 했을까? 그녀는 한 번도 군인과 사귀고 싶단 생각을 해본 적 없지만 귀도는 민간인으로 돌아가도 멋지고 미남일 거라고 생각했다. 그의 금발, 강한 체격…. 그녀는 이미 희미해진 그의 목소리를 떠올리려 애썼다. 하지만 로드리게스의 목소리가 더 생생했다.

목소리를 듣기 위해서만이라도 그를 다시 만나야만 했다. 아멜리아가 왜 귀도가 아닌 로드리게스와 관계를 가지는지 이해할 수 없었다. 그녀는 아멜리아와 귀도가 함께 유리잔을 깨뜨리던 시절에 무슨 일이 있었는지 알지 못해 다행이라 생각했다.

그때 자명종이 울렸다. 그녀는 이미 깨어 있었고, 따스한 이불 속에서 수많은 생각에 잠겨 있었다.

첫 새벽빛이 스며들자 지니아는 이제 겨울이 된 것을 안타까워했으며, 그 아름다운 햇빛을 더 이상 만날 수 없는 것을 슬퍼했다. 귀도는, 색이 전부라고 말했었지.

'정말 아름다워.'

지니아는 그렇게 중얼거리며 침대에서 일어났다.

9

다음 날 정오 아멜리아가 그녀를 찾아왔다. 마침 세베리노와 함께 식사를 하고 있던 터라 둘은 그저 시시한 이야기만 나누었다. 거리로 나서자, 아멜리아는 그날 아침 어느 여자 화가를 만나 일 하나를 맡게 되었다고 했다. 친구도 함께 오면 어때? 그 얼빠진 여자는 두 여자가 나체로 포옹하고 있는 그림을 그리고 싶어 하니 함께 가서 포즈를 취하면 된다는 것이었다.
"거울 보고 자기나 그리라고 해." 지니아가 시큰둥하게 말했다.
"벗은 채로 자길 그릴 수는 없잖아." 아멜리아는 웃으며 대꾸했다. 지니아는 아무 때나 부티크를 나올 수는 없다고 했다.
"그 화가, 우리한테 돈을 줄 거야. 꽤 오래 걸릴 그림이래. 네가 안 가면 나도 탈락이야."
"너 혼자서는 안 돼?"
"두 여자가 몸싸움 하는 장면이래. 무조건 둘이어야 한대. 큰 그림이거든. 그냥 둘이 춤추는 것처럼 포즈만 취하면 돼."
"난 포즈 같은 거 안 취할래." 지니아는 단호했다.
"뭐가 그렇게 무서워? 그 사람도 여자잖아."
"싫다니까."

둘은 트램 정류장까지 실랑이를 이어갔다. 아멜리아는 화가 나서 눈도 마주치지 않은 채 쏘아붙였다. "도대체 넌 옷 속에 뭐가 있길래 그렇게 성스러운 것처럼 지키려고 하니?"

지니아는 아무 대답도 하지 않았다. 그러다 아멜리아가 "넌 바르베타가 벗으라고 했으면 벗었을 거다"라는 말을 꺼냈을 때, 지니아는 그녀의 면전에 대고 비웃음을 날렸다.

둘은 화해 없이 헤어졌고, 지니아는 아멜리아가 절대 자신을 용서하지 않을 것 같았다. 처음에는 그 일을 대수롭지 않게 여겼지만, 이내 아멜리아가 귀도와 로드리게스 앞에서 자신을 바보로 만들까 봐 겁이 났다. 귀도 역시 그렇게 순진한 사람은 아니어서 아멜리아와 함께 그녀를 비웃지 않을 거라고 자신할 수는 없었다.

'귀도 앞이라면 포즈를 취해도 괜찮을 텐데. 그가 원하기만 한다면.' 그녀는 생각했다. 하지만 알고 있었다. 아멜리아가 자신보다 훨씬 더 성숙한 몸매를 가졌다는 것을. 화가라면 당연히 아멜리아를 선호할 것이다. 아멜리아는 이미 다 자란 여자였다.

늦은 시간에 지니아는 아멜리아보다 먼저 도착하기 위해 작업실에 들렀다. 귀도는 늘 이 시간쯤 온다고 했었다. 나무로 된

문 앞에 도착했으나, 그는 아마도 두 사람과 함께 카페에 있을 것이란 생각이 스쳐갔다.

카페 앞을 지나며 창문을 들여다봤지만, 그 안에는 담배를 피우며 턱을 괴고 있는 아멜리아만 보였다.

'불쌍하네.' 지니아는 집으로 발길을 돌렸다.

저녁을 먹고 난 후, 거리에서 작업실에 불이 켜진 것을 본 지니아는 들뜬 마음으로 계단을 뛰어올랐다. 그러나 귀도는 없었다. 로드리게스가 문을 열고 그녀를 맞이했다. 그는 몹시 배가 고팠다며 양해를 구하고 선 채로 포장을 뜯은 살라미를 먹고 있었다. 조명은 지난번과 마찬가지로 희미했고, 그는 마치 소년처럼 빵을 물어 뜯었다. 그의 거무스름한 피부와 불안한 눈빛만 아니었다면 지니아는 장난을 걸었을지도 모른다. 그는 지니아에게 "먹을래?"하고 물었지만, 그녀는 귀도에 대해서만 물었다.

"그가 안 오는 날은 외출 금지 명령을 받았을 때야." 로드리게스가 말했다. "아마 부대에서 근무 중일 테지."

그럼 돌아가야겠다고 지니아는 생각했지만, 그녀가 여기 온 유일한 이유가 귀도란 걸 로드리게스에게 들킬까 봐 차마 가보겠다는 말을 하지 못했다. 그녀는 방 안을 망설이며 둘러보았다. 불빛 아래 방은 정말 초라해 보였다. 종이 뭉치와 담배꽁

초가 바닥에 흩어져 있었다.

"누구 기다려요?" 지니아가 물었다.

"응." 로드리게스가 씹던 걸 멈추고 대답했다.

그래도 지니아는 떠나지 못했다.

"아멜리아 봤어요?"

"너희는 여자끼리 왜 그렇게 서로 쫓아다니냐?" 로드리게스는 의아해하며 물었다.

"왜요?"

"왜긴. 너희들이 한번 생각해 봐. 직감으로 아는 거지. 여자들끼리 그렇다는 건?"

지니아는 당황스러워 몸을 비틀었다 "아멜리아가 날 찾았어요?"

"그 이상이지." 로드리게스는 말했다. "널 원했어."

그 순간, 화실 뒤쪽의 커튼이 갈라지며 아멜리아가 급하게 나왔다. 로드리게스는 빵을 한입 더 베어 물며 마치 '잡기 놀이'를 하듯 테이블 주위를 빙글빙글 돌았다. 아멜리아는 모자도 쓰지 않았고 어딘가 화가 난 듯했지만, 방 한가운데 서서 웃음을 터뜨렸다. 어딘가 뒤틀린 웃음이었다.

"너인 줄 몰랐어." 아멜리아가 말했다.

"아, 저녁 식사 중이었네." 지니아가 퉁명스레 대답했다.

"은밀한 저녁이지." 로드리게스가 거들었다. "셋이 되면 더 은밀해지겠지만."

"귀도를 보러 왔구나?" 아멜리아가 물었다.

"그냥 들른 거야. 지금 로사가 기다리고 있어. 이미 늦었네."

"가지마, 이 바보야!" 아멜리아가 다급하게 말했다. 지니아는 "난 바보가 아니야"라고 말하며 계단을 뛰어 내려갔다.

모퉁이를 돌았을 때 혼자라고 생각했지만, 누군가 쫓아왔다. 모자도 쓰지 않은 아멜리아였다.

"왜 그렇게 도망치듯 가버려? 로드리게스 말이 믿기지 않아서?"

지니아는 계속 달리며 소리쳤다. "나 좀 내버려 둬!"

그 뒤로 며칠을 지니아는 그렇게, 여전히 도망다니는 듯한 숨 가쁜 상태로 보냈다. 작업실에 있던 두 사람을 떠올릴 때마다 주먹을 꽉 쥐었다. 귀도에 대해서는 감히 생각하는 것조차 두려웠다. 그를 어떻게 다시 만나야 할지 알 수 없었다. 심지어, 그마저 잃었다는 확신이 들었다.

'난 정말 바보야.' 그녀는 생각했다. '왜 늘 도망치기만 하지? 혼자 있는 법부터 배워야 해. 나를 원하면 그들이 오도록.'

그날 이후 그녀는 조금 평온해졌다. 귀도를 떠올려도 마음이 동요되지 않았고 세베리노에게도 약간의 관심을 기울이게 되었다. 세베리노는 누가 뭘 물어도 대답 없이 고개를 숙인 채 말한 이에게 동의도 하지 않고 아예 침묵하기 일쑤였다. 그는 남자긴 해도 바보는 아니었다. 오히려 지니아가 로사처럼 굴었던 것이다. 사람들이 자신을 로사처럼 대하는 것도 당연했다. 지니아는 더 이상 극장이나 클럽 앞에서 누군가를 기다리지 않았다. 혼자 거리를 걷고 가끔 도심을 걷는 것으로 만족했다.

11월이었다. 어떤 날 저녁에는 트램에서 내려 아케이드를 한 바퀴 돌고는 집으로 돌아오곤 했다. 그녀는 늘 귀도를 우연히 마주치길 바랐고, 지나가는 군인을 볼 때마다 흘끗 눈길을 줬다. 한번은 그저 알아보려는 마음으로 카페 창문 앞까지 갔다. 심장이 요동쳤다. 안쪽에 사람들이 어렴풋이 보였지만 아멜리아는 없었다.

날들은 느리게 흘렀고, 추위는 그녀를 집 안에 붙잡아 두었다. 우울함의 한가운데서 지니아는 생각했다. 그런 여름은 다시는 오지 않을 거라고.

'그때 난 꼭 딴 사람 같았어. 왜 그렇게 미쳤었을까? 살아있는 게 기적이야.'

다음 해 다시 여름이 돌아올 거라는 걸 믿을 수 없었다. 그녀는 벌써 저녁 거리의 산책로를 걷는 자신을 그렸다. 충혈된 눈,

혼자 집에서 일터로, 일터에서 다시 집으로, 따뜻한 공기를 가르며 걷는 모습이었다. 마치 서른 살쯤 된 여자처럼.

문제는 예전처럼 어둠 속 침대에서 혼자 보내던 그 반 시간의 달콤함을 이제는 더 이상 원하지 않게 되었다는 것이다. 부엌에서 일하면서도 그녀는 작업실을 생각했고, 틈만 나면 허공을 멍하니 바라보았다.

그 후에야 지니아는 그렇게 보낸 시간이 보름을 넘지 않았다는 것을 깨달았다.

부티크를 나설 때마다 늘 어떤 새로운 일이 문 앞에서 기다리고 있기를 바랐고, 무엇도 자신을 기다리고 있지 않은 것을 알게 되면 하루가 통째로 사라진 듯한 허탈감을 맛보았다. 그녀는 내일이 오기를, 모레가 오기를, 아니 결코 오지 않을 어떤 것을 기다렸다.

'난 아직 열일곱도 안 됐잖아.' 그녀는 생각했다. '앞으로도 시간은 얼마든지 있어.'

하지만 아멜리아는 왜? 그날 모자도 안 쓰고 쫓아왔던 아멜리아는 왜 더는 나타나지 않는 걸까? 혹시 내가 무슨 말을 할까 봐 겁을 먹은 걸까?

어느 날 오후 비체 부인이 전화를 받으라고 했다. "남자처럼 굵은 목소리의 여자네." 그녀가 덧붙였다. 아멜리아였다.

"지니아, 세베리노에게 아프다고 둘러대고 우리한테 와. 귀도도 와 있어. 같이 저녁 먹자."

"그럼 세베리노는?"

"집에 가서 대충 파스타나 해 주고 와. 기다릴게."

지니아는 곧장 집으로 달려갔다. 세베리노에게 아멜리아와 식사 약속이 있다고 말한 뒤, 머리를 만졌다. 밖에는 비가 오고 있었다.

'아멜리아 목소리가 꼭 결핵 환자 같아.' 그녀는 불쌍하다고 생각했다. 귀도가 없으면 바로 돌아가려고 마음먹었다. 도착했을 때, 아멜리아와 로드리게스는 어둠 속에서 석유 난로에 불을 붙이고 있었다.

"귀도는 어디 있어?" 지니아가 물었다.

아멜리아는 이마를 손으로 훔치며 일어서서 커튼을 가리켰다. 커튼 뒤에서 귀도의 얼굴이 모습을 드러냈다.

"안녕!" 그가 소리쳤다. 지니아는 그에게 웃어 보였다.

테이블 위에는 종이 접시와 음식들이 어수선하게 놓여 있었다. 그 순간, 난로의 불빛이 둥글게 천장에 번졌다.

"불 켜!" 귀도가 외쳤다.

"아냐, 지금 분위기 좋아." 아멜리아가 말했다.

방 안이 여전히 썰렁해서, 모두 외투를 입은 채로 있었다. 지니아는 커튼을 젖히고 싱크대로 다가가 말했다.

"오늘 누구 생일이에요?"

"원한다면 네 생일이라고 해 두자." 귀도가 손을 닦으며 나지막이 말했다.

"왜 그동안 안 왔어?"

"왔었는데, 당신이 없었어요." 지니아가 속삭였다.

"말을 놓도록 해." 귀도가 말했다. "오늘밤 우리 모두 말을 놓자."

"외출 허가를 받았어요?" 그가 그녀의 머리를 손끝으로 만지며 말했다. "네가 외출 허가를 받았지."

바로 그때, 등 뒤에서 불이 켜졌다. 지니아는 커튼을 내리고 멜론 그림을 응시했다.

방이 약간 따뜻해지기를 기다린 뒤 식사가 시작되었다. 코트 주머니에 손을 넣고 돌아다니자니 마치 카페에 있는 것 같았다. 로드리게스는 술을 따르고 나머지 세 잔도 가득 채웠다.

"아직 시작하지 마." 아멜리아가 말했다.

로드리게스는 고집을 부렸다. 술이 넘치지 않도록 그들은 조심스럽게 테이블을 소파 쪽으로 옮겼다. 지니아는 마침내 아멜리아와 함께 소파에 앉았다.

살라미, 과일, 과자, 그리고 와인 두 병이 준비되어 있었다. 지니아는 이런 게 아멜리아가 귀도와 자주 가졌던 파티였을까 생각했다. 와인 한 잔을 마시고 그녀는 귀도에게 그걸 직접 물었고 두 사람은 웃으며 그곳에서 했던 모든 장난들을 이야기하기 시작했다.

지니아는 부러움 섞인 마음으로 이야기를 들었다. 자신이 너무 늦게 태어났다고 생각했고, 바보가 된 기분이 들었다. 그녀는 예술가들은 일반인들과 다른 삶을 살기 때문에 농담처럼 가볍게 대해야 한다는 걸 깨달았다. 그림을 그리지 않는 로드리게스조차도 음식을 씹을 때만 말이 없고, 입만 열면 농담하는 식이었으니까. 지니아는 내면 깊숙이 적대감을 품은 채 그녀를 바라보았고, 귀도가 아멜리아와 즐거운 시간을 보낸 것에 대해 화가 치밀었다.

"듣기 불편해. 내가 없었을 때의 일들은 굳이 내게 들려주지 않아도 돼." 그녀가 불만을 토로했다.

"근데 지금 넌 여기 있잖아. 즐겨." 아멜리아가 말했다.

지니아는 귀도와 단둘이 있고 싶다는, 끔찍하리만치 강한 갈망에 휩싸였다. 하지만 아멜리아의 존재 덕분에 간신히 그 용기를 유지하고 있다는 것도 알았다. 아니었다면, 벌써 달아났을 것이다.

'난 여전히 차분해지는 법을 몰라. 감정에 휘말리면 안 되는데.'

다른 이들이 담배를 피우기 시작했고 지니아에게도 권했다. 그녀는 원하지 않았지만 귀도가 그녀 옆에 와서 담배에 불을 붙여주며 속삭였다.

"들이마시지 마."

그사이, 소파 끝에서 아멜리아와 로드리게스는 장난스러운 몸싸움을 벌이고 있었다.

그때, 지니아는 벌떡 일어나 귀도의 손을 뿌리쳤다. 담배를 내려놓고 말없이 작업실을 가로질러 걸어갔다. 그녀는 커튼을 젖히고 어둠 속에 멈춰 서서 잠시 숨을 골랐다. 뒤에서 들려오는 말소리는 멀리서 윙윙거리는 벌레 소리처럼 희미했다.

"귀도…"

그녀는 돌아보지 않은 채 나지막이 속삭였다. 그리고 침대로 몸을 던져 그 위에 얼굴을 묻었다

10

네 사람은 아무 말없이 그곳을 나왔다. 귀도와 로드리게스가 그녀들을 트램 정류장까지 바래다주었다. 귀도는 베레모를 눈까지 푹 눌러쓰고 있었고 그 모습은 평소와 전혀 달라 보였지만, 그는 두 손으로 그녀의 손을 꼭 쥐며 말했다.

"지네타, 내 사랑."

인도를 걸을 때마다 마치 땅이 꺼져 내려가는 것처럼 느껴졌다. 아멜리아가 그녀의 팔을 잡았다. 트램을 기다리며 그들은 자전거 이야기를 시작했지만, 귀도는 그녀 곁으로 바짝 다가와 부드럽게 말했다.

"마음 바꾸면 가만두지 않을 거야. 그러면 다시는 너를 그리지 않겠어."

지니아는 미소를 머금으며 그의 손을 꼭 잡았다.

트램을 탄 후 지니아는 운전사의 등을 뚫어져라 바라보며 침묵했다.

"집에 가서 얼른 침대에 누워." 아멜리아가 말했다. "너 와인을 너무 마셨어."

"나 안 취했어." 지니아가 반박했다. "정말이야."

"내가 같이 있어 줄까?"

"제발 혼자 있게 해 줘."

그 후 아멜리아는 지난번 일을 꺼내며 상황을 설명해 주려 했지만 지니아의 귀에는 트램의 소음만 들렸다. 혼자가 되자 그녀는 기분이 조금 나아졌다. 아무도 자기를 바라보지 않으니 더 편안했다. 그녀는 침대 가장자리에 앉아 한 시간 넘게 바닥을 바라보다가, 갑자기 옷을 벗고 침대에 몸을 던지며 불을 껐다.

이튿날 아침, 햇빛이 창으로 쏟아졌다. 지니아는 앓고 난 뒤 막 회복한 사람 같은 기분이었다.

귀도는 벌써 세 시간 전에 일어나 있을 터였다. 그녀는 거울 속 자신에게 미소를 지으며 입맞춤을 보냈다. 그리고 세베리노가 돌아오기 전에 서둘러 집을 나섰다.

걸음걸이가 평소와 다름없다는 게 이상했고, 배가 고프다는 사실이 놀라웠다. 머릿속은 오직 하나의 생각뿐이었다. 이제부터는 두 사람 없이 귀도와 단둘이 만나야겠다는 것. 하지만 귀도는 그녀를 작업실로 초대했을 뿐 한 번도 밖에서 따로 만나자고는 하지 않았다.

'난 그를 진심으로 사랑해야 해. 그렇지 않으면 내가 큰일 날 거야.'

갑자기 여름이 다시 돌아온 듯 떠나고 싶고, 웃고 싶고, 축제를 즐기고 싶은 그 기분. 어젯밤 일이 꿈이 아닌지 의심스러웠다.

어둠 속에서 자신이 아멜리아 같은 여자가 될 수도 있다는 생각에 웃음이 나왔고, 귀도에게도 그 느낌은 똑같았을 것이다

'아니야. 그는 내 말하는 방식, 내 눈빛, 내 존재 자체를 좋아하는 게 분명해. 한편으로는 친구로서도 좋아하고, 나를 진짜 아껴 주기도 해. 그는 내가 열일곱이라는 걸 믿지 않으면서도 눈에도 입맞춤을 해 주었어. 난 이제 진짜 여자가 된 거야.'

지니아는 온종일 작업실 생각에 들떠 있었다. 일하며 저녁을 기다리는 건 얼마나 즐거운지.

'난 단순한 모델이 아니야. 우리는 각별한 사이야.' 아멜리아를 보면 안쓰럽기도 했다. 그녀는 귀도의 그림 속 아름다움이 무엇인지조차 몰랐다.

그러나 오후 두 시, 아멜리아가 자신을 데리러 왔을 때, 지니아는 묻고 싶은 게 있었지만 차마 입을 떼지 못했다. 귀도에게 물어볼 용기는 더더욱 없었다. "혹시 누가 봤어?"

아멜리아는 어깨를 으쓱했다.

"어제 네가 불 껐을 때, 머리가 핑 돌았어. 나 비명 질렀던 것

같아. 너 들었어?"

아멜리아는 진지하게 이야기를 들었다.

"불 끈 건 나 아니었어. 난 그냥, 네가 사라진 걸 느꼈어. 귀도가 널 잡아먹는 줄 알았지. 뭐 어쨌든…황홀했어?"

지니아는 미간을 찌푸리고 앞만 바라보며 걸었다. 둘은 다음 정류장까지 계속 걸었다.

"넌 로드리게스를 좋아해?"

아멜리아는 한숨을 쉬며 말했다.

"그만해. 난 금발 남자 관심 없어. 차라리 금발 여자 쪽이 더 나아."

지니아는 미소를 지으며 더 이상 묻지 않았다. 아멜리아와 함께 걸으며 마음이 통했다는 사실이 그녀를 즐겁게 했다. 그들은 아케이드 아래에서 조용히 헤어졌고, 지니아는 길모퉁이에서 그녀를 한참 바라보았다. 혹시 그 여자 화가의 모델을 서러 가는 건 아닐까 궁금해하면서.

그날 저녁 일곱 시 지니아는 다시 작업실로 갔다. 다섯 층 계단을 천천히 올랐다. 얼굴이 붉어질까 봐 일부러 천천히, 그러나 두 칸씩 계단을 밟았다. 그녀는 생각했다. '귀도가 없어도 그건 그의 잘못은 아니야.'

그런데 문이 열려 있었다. 귀도는 그녀의 발소리를 듣고 나와 복도에서 기다리고 있었다. 금세 천국에 들어선 듯했다. 말하고 싶고 하고 싶은 이야기도 많았지만, 귀도는 문을 닫자마자 그녀를 껴안았다.

유리창을 통해 약간의 빛이 들어왔다. 지니아는 그의 어깨에 얼굴을 묻었다. 셔츠를 통해 느껴지는 체온이 따뜻했다. 그들은 소파에 앉았고, 지니아는 말없이 울었다.

'만약 귀도도 같이 울어준다면….'

그런 생각이 들자 마음 한가운데가 뜨겁게 조여오는 듯했고, 온몸이 녹아버릴 것 같아 기절할 것만 같았다.

갑자기 그 온기가 사라졌다. 지니아는 눈을 떴다.

귀도가 일어서서 그녀를 당혹스럽게 바라보고 있었다. 사람들 앞에서 우는 기분이 들어서 그녀는 울음을 그쳤지만, 그 시선 아래서 눈물이 다시 차올랐다.

"진정해." 귀도가 장난스럽게 말했다.

"우린 세상에 이렇게 잠시 머물 뿐인데, 이런 일로 울 필요는 없는 거잖아."

"너무 행복해서 우는 거야." 지니아가 조용히 답했다.

"그럼 다행이네." 귀도가 말했다. "다음엔 미리 말해줘야 해!"

그 반 시간 동안, 지니아는 정말 많은 걸 묻고 싶었지만 아무 말도 하지 못했다. 아멜리아에 대해, 그에 대해, 그의 그림들에 대해, 밤에 무얼 하는지, 자신을 사랑하는지.

그 대신 그녀는 그를 커튼 뒤로 데려가 바라보았다. 밝은 곳에선 누가 보고 있는 것 같았기 때문이다. 그곳에서 입을 맞추며 그녀는 조용히 어제의 그 통증이 얼마나 심했는지 귀도에게 말했다. 귀도의 손길은 더욱 부드러워졌다. 그는 그녀를 달래고 애무하며 속삭였다.

"괜찮아질 거야, 괜찮아. 아파?"

그리고 둘은 그 작은 따뜻함 속에 누워 서로의 몸을 달아오르게 했다. 그는 여러 이야기를 해 주었다.

"난 너 같은 여자를 존중해." 지니아는 그의 손을 꼭 잡고 어둠 속에서 입을 맞췄다.

귀도가 그토록 다정하다는 걸 알게 된 순간부터 지니아는 더 대담해졌다. 그녀는 그의 어깨에 머리를 기대며 말했다. 항상 단둘이만 보고 싶다고. 그와 함께 있을 때는 편안하지만 다른 사람들과는 그렇지 않기 때문에.

"저녁에는 로드리게스가 자러 올 거야." 귀도가 말했다. "그를 지붕 위에 올릴 순 없겠지? 여기서는 일해야 하니까. 알지?"

그러자 지니아는 단 한 시간, 아니 몇 분만이라도 충분하다고 했다. 자신도 일하고 있지만 매일 그 시간만큼은 몰래 찾아올 거라고, 그가 혼자 있을 때 만나고 싶다고.
"제대하고 나서도 로드리게스를 볼 거야? 아무도 없을 때 네가 그림 그리는 걸 보고 싶어." 그리고 그렇게 약속해 준다면 그를 위해 모델이 되어 주겠다고 했다.

밤이 내려앉는 것도 모른 채 두 사람은 그 어둠 속에 오래 머물렀다.

그날 밤 세베리노는 또 빈속으로 출근해야 했다. 처음도 아니었고 불평한 적도 없었다

지니아는 로드리게스가 올 때까지 작업실을 떠나지 않았다. 제대를 앞둔 마지막 며칠 동안, 귀도는 매일 저녁 캔버스를 준비해서 말리고 이젤을 고치고 작업실을 정돈하는 데 시간을 보냈다. 그는 한 번도 외출하지 않았다. 로드리게스가 계속 귀도와 함께 사는 것은 기정사실처럼 보였다. 그러나 로드리게스는 귀도가 바쁠 때마다 작업실을 어질러 놓고 잡담을 하는 것밖에 할 줄 몰랐다. 그녀는 귀도를 도와 작업실을 청소하고 정리해 주고 싶었지만, 로드리게스의 귀찮아 하는 얼굴을 보고는 결국 아멜리아와 함께 외출했다. 그들은 서로 마음을 감춘 채 대화를 피하기 위해 영화를 보기로 했다. 금발 남녀들을 욕

하며 비아냥거리는 것으로 보아 아멜리아는 분명 뭔가를 마음에 담고 있었다. 지니아는 그녀에게 연민을 느끼며, 결국 더는 감정을 숨기지 못하고 집으로 돌아가는 길에 생각을 털어놨다.

"그 여자 화가랑 잘 합의했어?"

아멜리아는 놀란 척하며 그 일은 그냥 관뒀다고 했다.

"뭐야, 왜 그랬어? 난 모델 해본 적도 없지만 네가 그 일자리를 잃은 건 안타까워."

"신경 꺼. 넌 요즘 사랑을 찾았잖아. 다 무관심해도 되지. 그렇지만 내가 너라면 조심할 거야."

"왜?"

"세베리노는 뭐래? 매제가 마음에 든대?" 아멜리아가 웃으며 말했다.

"왜 내가 조심해야 하는데?"

"내 최고 화가를 빼앗아 가 놓고, 그걸 내게 묻는 거야?"

지니아의 심장이 쿵 하고 내려앉았다. 아멜리아의 시선이 그녀를 꿰뚫는 것 같았다.

"귀도의 모델이 되어준 적 있었던 거야?"

아멜리아는 그녀 팔을 끌어당기며 말했다. "장난이야."

잠시 침묵이 흘렀지만, 아멜리아가 다시 말했다.

"우리 여자들끼리 이렇게 둘이서만 산책하는 게 훨씬 낫지 않아? 여자가 어떤 존재인지 전혀 알지도 못하면서 처음 보는 여자에게 치근덕대는 놈들이랑 섞이는 것보다야."

"하지만 넌 로드리게스랑 다니잖아." 지니아가 말했다.

아멜리아는 어깨를 으쓱하며 "푸!"하고 웃었다.

"하나만 묻자, 귀도는…조심은 해?"

"모르겠어." 지니아가 대답했다.

아멜리아가 그녀의 턱을 살짝 들어 올리며 걸음을 멈추게 했다.

"내 얼굴 똑바로 봐." 그녀가 말했다.

그들은 문의 그림자 속에 있었다.

지니아는 아무 저항도 하지 않았다. 그 모든 것이 귀도와 관련된 일이었기에.

그러자 아멜리아는 그녀의 입술에 재빨리 키스했다.

11

  그들은 다시 걷기 시작했다. 지니아는 아멜리아의 시선에 겁먹은 듯 미소를 지었다.
"립스틱 좀 닦아." 아멜리아가 조용히 말했다.
  지니아는 멈추지 않고 손거울을 들여다보며 다음 가로등이 나올 때까지 얼굴을 살폈고 머리도 정리했다.
"네가 보기엔 내가 오늘 술 마신 것 같아?" 가로등을 지나쳤을 때 아멜리아가 말했다.
  지니아는 거울을 집어넣고 아무 대꾸도 없이 계속 걸었다. 그녀들의 발소리가 인도 위에서 울렸다. 길모퉁이에 이르자 아멜리아가 머뭇거렸다.
  지니아가 말했다. "자, 다 왔네."
  둘은 방향을 틀어 문 앞에 이르렀고, 아멜리아가 말했다.
"그럼 안녕."
"안녕." 지니아가 답하며 혼자 계속 걸어갔다.

  다음 날, 지니아가 들어서자 귀도는 불을 켰다. 밖은 안개가 자욱하게 끼어 있었고, 창문이 컸기 때문에 두 사람은 꼭 안개 속에 있는 것 같았다.

"왜 난로를 안 지펴?" 지니아가 물었다.

"이미 켜져 있어." 재킷을 입고 있던 귀도가 대답했다. "걱정마, 겨울엔 벽난로도 피울 거야."

지니아는 방을 돌다가 벽에 못 박힌 천 조각을 걷어 올렸다. 그 안에서 잡동사니와 책 더미로 가득 차 있는 귀도의 벽난로를 발견했다.

"참 예쁘다. 여기에 모델을 앉히는 거야?"

"알몸일 땐." 귀도가 말했다.

그들은 커튼 뒤 침대 밑에서 트렁크를 끌어냈다. 안에는 귀도의 옷가지들이 들어 있었다.

"그러면 전에 모델을 둔 적이 있었네?" 지니아가 물었다. "그때 그린 그림들 좀 보여줘."

귀도는 그녀의 팔을 잡았다.

"화가에 대해선 아는 게 꽤 많네. 말해 봐, 아는 화가 있어?"

지니아는 장난스럽게 웃으며 입술에 손가락을 갖다 대고, 팔을 빼내려고 몸부림쳤다.

"차라리 스케치북이나 보여줘. 아멜리아 말로는, 여기 수많은 여자들이 왔다던데."

"당연하지. 그게 내 일이니까." 그런 뒤 그는 그녀가 움직이지 못하게 하려고 입을 맞췄다.

"그래서 아는 화가가 누구야?"

"아무도 몰라."

지니아는 팔로 그를 감쌌다. "난 오직 너 하나만 알고 싶어. 아무도 여기 오지 않았으면 해."

"그럼 금방 권태로워질걸." 귀도가 웃었다.

그날 저녁, 지니아는 바닥을 청소하고 싶었지만 빗자루가 없었고, 커튼 뒤 엉망인 침대를 정리하는 것으로 만족해야 했다. 침대가 너무 더러워서 무슨 소굴 같았다.

"여기서 잘 거야?"

귀도는 밤에 창문 보는 걸 좋아한다며 소파에서 잘 거라고 말했다.

"그럼 침대는 안 치워도 되겠다." 지니아가 말했다.

다음 날 지니아는 손가방에 작은 꾸러미를 들고 나타났다. 그 안에는 귀도에게 줄 넥타이가 들어 있었다. 귀도는 장난스럽게 그것을 받아들고 회녹색 셔츠에 대보았다.

"평상복에 잘 어울릴 거야." 지니아가 말했다.

그들은 커튼 뒤로 가서 흐트러진 침대 위에서 서로를 껴안으며 추워서 담요를 덮었다. 귀도는 선물을 줘야 할 사람은 자기라고 말했고 지니아는 얼굴을 찡그리며 작업실을 청소할 빗자루나 달라고 했다.

그 짧은 시간들이 가장 행복했다. 하지만 로드리게스가 불쑥 나타날 수도 있어 평화롭게 이야기를 나눌 시간은 그리 많지 않았다. 지니아는 맨발인 상태로 들키고 싶지 않았다.

어느 저녁에 귀도는 보답하고 싶다고 했고, 그들은 저녁 식사 후에 밖에서 만나기로 했다.

"영화 보러 갈까?"

"왜? 그냥 걷는 게 더 좋아. 같이 있으면 그걸로 너무 좋아."

"하지만 추워." 귀도가 말했다.

"그럼 카페나 클럽에 갈까?"

"난 춤은 싫어." 귀도가 말했다.

그날 저녁, 지니아는 군복 입은 부사관 옆을 걷는 것만으로도 마음이 울렁거렸지만, 이내 '이 사람은 그냥 귀도일 뿐이잖아'라고 생각했다. 귀도는 그녀를 팔 아래로 감싸안아 마치 어린아이를 안듯 했다. 하지만 계속 상관들에게 경례해야 해서, 지니아는 반대쪽으로 가서 그의 팔에 매달렸다. 그렇게 길을 걷자 거리 풍경도 달라 보였다.

'아멜리아를 만나면 어쩌지?' 지니아는 속으로 생각하며 비체 부인 이야기를 꺼내며 웃음을 참으려 했다. 귀도도 농담을 하며 말했다.

"삼 일 뒤에는 저 원숭이들한테 인사 안 할 거야. 거칠고 어두운 얼굴 좀 봐."

"아멜리아도 길 가는 사람들 조롱하는 거 좋아했는데." 지니아가 말했다.

"가끔 갠 너무 지나치긴 해. 아멜리아랑은 오래 알았어?"

"우린 가까운 사이야. 넌?"

그러자 귀도는 작업실을 처음 얻었던 해 이야기를 꺼냈다. 주로 학생 친구들이 놀러 왔었는데 그 중 하나는 나중에 수도사가 되었다고 했다. 아멜리아는 그땐 모델은 아니었지만 재미있게 노는 걸 좋아했고, 낮에도 밤에도 친구들이 찾아와 웃고 술 마시며 귀도가 작업하는 걸 방해했다. 그는 정작 아멜리아를 처음에 어떻게 만났는지 잘 기억하지 못했다. 어느 날 친구 하나는 입대하고, 다른 하나는 시험에 합격하고, 또 하나는 결혼했고···. 그렇게 좋은 시절들은 끝났다.

"좋은 시절이 끝나서 유감이야?" 지니아가 그를 응시하며 물었다.

"수도사보다는 덜 유감스럽지. 그 친구는 가끔 편지를 보내. 내가 그림은 그리는지, 누굴 만나는지 묻거든."

"수도사도 편지를 쓸 수 있어?"

"감옥에 있는 건 아니니까." 귀도가 말했다. "그리고 걔는 내 그림을 좋아한 유일한 사람이었어. 나처럼 키가 크고 눈은 여자처럼 예뻤지. 모든 걸 이해했었는데…. 아쉽지."

"귀도, 수도사가 되진 마."

"그럴 일 없어."

"로드리게스는 네 그림을 안 좋아하잖아. 근데 걘 진짜 신부가 될 상인데."

하지만 귀도는 로드리게스를 옹호하며, 그가 그림을 그리기 전에 오래 사색하고, 무엇이든 우연히 그리는 법이 없는 비범한 화가라고 했다. 단지 색채만을 쓰지 않을 뿐이라고 했다.

"그의 나라에는 색이 너무 많거든. 로드리게스는 어릴 적에 색에 질려서 지금은 색 없이 그림을 그리고 싶어 하는 거야. 그래도 머리는 진짜 좋아."

"네가 색을 칠할 때 구경하게 해줘." 지니아는 그의 팔을 꼭 쥐었다.

"이 군복을 벗고 나서도 그림을 그릴 수 있다면 그렇게. 예전엔 일주일에 한 점씩 완성했어. 그때는 삶이 날 들뜨게 했지. 하지만 좋은 시절은 끝났어."

"난 네게 아무것도 아냐?" 지니아가 물었다.

그러자 귀도는 그녀의 팔을 끌어당겼다.

"넌 절대 여름이 아냐. 넌 그림을 그린다는 게 어떤 건지 몰라. 내가 널 사랑하게 되어야 비범한 화가가 될 텐데, 그렇게 되면 시간을 낭비하겠지. 네가 알아야 할 게 있어. 예술가는 자기 작업을 이해해 주는 친구가 있어야 일할 수 있어."

"넌 한 번도 사랑해 본 적 없어?" 지니아가 그의 눈을 피하며 물었다.

"너희 같은 여자들하고? 그럴 시간이 없어."

걷기에 지친 그들은 카페에 들어가 마치 연인들처럼 행동했다.

귀도는 담배를 피우며 그녀가 재잘거리는 걸 들으며 카페 안을 오가는 사람들을 바라보았다.

그러다 그녀를 기쁘게 하려고 대리석 테이블 위에 그녀의 옆모습을 그려주었다.

둘만 남았을 때 지니아가 말했다.

"그거 알아? 네가 아직 한 번도 누굴 사랑한 적 없다는 게 난 기뻐."

"네가 좋다니 나도 기쁘네." 귀도가 말했다.

하지만 그날 밤은 약간 우울하게 끝났다. 귀도가 제대하고 시골에 있는 어머니를 뵈러 갈 계획이라 했기 때문이다. 지니아는 귀도의 가족과 집, 그의 아버지의 직업과 그의 어린 시절 이야기를 들으며 그나마 위안을 얻었다. 누이인 루이사 이야기도 들었다. 하지만 귀도가 시골 사람이라는 사실에 실망했다.

"어릴 땐 맨발로 다녔지." 귀도는 웃으며 고백했다.

그 말에 지니아는 그의 거칠고 강한 손, 우렁찬 목소리의 이유를 이해했다. 시골 사람이 화가라니 믿기지 않았다. 이상한 건, 그가 그 사실을 자랑스럽게 여긴다는 점이었다.

지니아가 "하지만 지금은 도시에 있잖아?"라고 하자, 귀도는 진지하게 진짜 그림은 시골에서 나온다고 대답했다.

"하지만 넌 지금 여기에 있는데?"

귀도는 이렇게 덧붙였다. "난 오직 언덕 꼭대기에 서 있을 때만 편안함을 느껴."

그때부터 지니아는, 왜인지는 모르지만 루이사를 자주 떠올렸다. 귀도의 여동생이라는 위치가 부러웠고 어릴 적 둘이 나눴을 대화를 상상해 보려 했다.

그제야 아멜리아가 왜 귀도를 한 번도 원하지 않았는지 알 수 있었다. '화가가 아니었다면 그는 그냥 평범한 시골 청년일 뿐이야.'

그녀는 귀도를 3월에 목에 스카프를 두르고 지나가던 신병

들처럼, 군대에 가야 하는 소년으로 그려 보기도 했다. 하지만 그는 여기에 있었고 자신과 머리색도 같았다.

루이사도 금발일지 누가 알겠는가? 그날 밤, 집에 도착한 지니아는 문을 잠궜다. 그녀는 거울 앞에서 옷을 벗고 귀도의 목덜미 색과 자기 피부색을 비교하면서 걱정스럽게 자신을 바라보았다.

첫 경험의 아픔도 사라진 지금, 자신의 몸에 상처 하나 남아 있지 않다는 사실이 이상하게 느껴졌다. 지니아는 귀도 앞에서 포즈를 취하는 상상을 했다. 그녀는 아멜리아가 바르베타의 작업실에서 앉았던 자세로 의자에 앉았다. 귀도는 얼마나 많은 여자의 포즈를 보았을까? 상상도 할 수 없었다. 하지만 아직 포즈를 제대로 보지 못한 유일한 여자는 자신이라는 생각만으로도 그녀의 심장은 두근거렸다.

아멜리아처럼 갈색 머리의 날씬하며 무심한 여자가 되는 것도 멋질 터였다. 하지만 귀도 앞에서 알몸으로 포즈를 취하는 건 안 된다. 먼저 결혼해야 한다.

하지만 지니아는 귀도가 결코 자신과 결혼하지 않으리라는 걸 알고 있었다. 그녀가 아무리 그를 사랑한다 해도…. 그날 저녁, 자신의 몸을 다 내어준 순간부터 이미 알고 있었다. 귀도는 그녀와 커튼 뒤에서 시간을 보내느라 작업을 멈출 만큼 한

가한 사람이 아니었다. 그와 계속 만날 수 있는 유일한 방법은 그의 모델이 되는 것뿐이었다. 그렇지 않으면, 어느 날 귀도는 다른 여자를 선택할 것이다.

거울 앞에서 지니아는 한기를 느꼈고, 벌거벗은 맨 허리에 외투를 휙 둘렀다. 소름이 돋았다.

'이렇게 포즈를 취하면 어떨까?'

그녀는 아멜리아를 부러워했다. 수치심이 사라진 여자를.

12

 귀도가 시골로 떠나기 전 마지막으로 만난 날 저녁, 그녀는 문득 그가 원하는 방식으로 사랑을 나누는 것이 죽을 만큼 강렬한 일이란 걸 깨달았다. 지니아는 마치 마비된 듯 멍하니 누워 있었다. 귀도는 커튼을 젖혀 지니아의 얼굴을 보려 했지만 그녀는 그의 손을 붙잡아 저지했다.
 그때 로드리게스가 도착했고 둘이 이야기하도록 내버려두었을 때, 그녀는 비로소 결혼하지 않았다는 것, 낮과 밤을 함께 보낼 수 없다는 것이 무엇을 의미하는지 알게 되었다. 그녀는 정신이 멍해진 채 아래층으로 내려갔다. 이번만큼은 더 이상 예전의 자신이 아니라고, 모두가 그 사실을 알아차리고 있다고 확신했다. '이것 때문이야.' 그녀는 생각했다. '그래서 사랑을 나누는 것이 금기인 거구나, 이것 때문에.'
 그녀는 궁금했다. 아멜리아도 로사도 이런 생각을 했을까? 지니아는 술에 취한 듯 비틀거리는 자신의 모습이 쇼윈도에 비치는 걸 보았다. 그 흐릿한 그림자와 자신은 전혀 닮지 않았다는 생각에 그녀는 몸서리쳤다. 이제야 모든 배우들이 왜 그토록 초췌한 눈빛을 가졌는지 이해할 수 있었다. 하지만 임신이 그 이유는 아니었다. 배우들은 아이를 낳지 않았으니까.

세베리노가 나가자마자, 지니아는 문을 잠그고 거울 앞에서 옷을 벗었다. 아무것도 변한 게 없다는 사실을 믿을 수 없었다. 마치 피부가 몸에서 떨어져 나온 듯했으며 아직도 남아있는 차가운 전율이 온몸을 관통했다. 그 외엔 달라진 게 없었다. 피부는 여전히 희고 창백했다.

'귀도가 여기 있다면 나를 바라보겠지. 그가 날 바라보게 놔둘 거야. 이젠 진짜 여자가 됐다고 말할 거야.' 지니아는 서둘러 생각했다.

일요일이 왔고, 귀도가 없는 시간은 서글펐다. 아멜리아가 지니아를 데리러 왔고 지니아는 기뻤다. 이제 그녀가 두렵지 않았고, 귀도가 마음을 온통 차지하고 있었기에 아멜리아를 너무 진지하게 생각할 필요도 없었다. 그녀는 아멜리아가 떠들도록 내버려두고 자신만의 비밀을 생각했다. 아멜리아는 가엾게도, 지니아보다 더 외로웠다.

아멜리아조차 어디로 가야 할지 몰랐다. 짧고 차가운 오후, 온통 안개로 눅눅해 축구 경기를 보러 운동장에 갈 마음조차 사라졌다. 아멜리아는 커피를 마시고 싶다며 그냥 소파에 누워 집에서 이야기나 하고 싶어 했다. 하지만 지니아는 모자를 쓰고 말했다.

"나가자, 언덕에 가고 싶어."

이상하게도 아멜리아는 그날 순순히 응했다. 그녀는 그날따라 동작이 느렸다. 그들은 서둘러 트램을 타고 갔지만 왜인지 자신들도 알지 못했다. 지니아는 이야기를 하면서 걸었고 마치 분명한 목적지라도 있는 듯 길을 골랐다. 오르막길을 걷기 시작하자 이슬비가 내리기 시작했다. 아멜리아는 투덜거리며 더 이상 가고 싶지 않아 했다. 지니아가 말했다.

"안개가 내리는 것뿐이야. 아무것도 아니야."

두 사람은 이제 공원 수목 아래, 텅 빈 길 위에 서 있었다. 그들은 마치 세상 밖에 있는 듯 개울물이 흐르는 소리와 저 멀리 트램의 덜컹거리는 소리만을 들었다. 촉촉하고 탁 트인 공기를 들이마시고, 추위보다 더 짙게 퍼진 썩어가는 낙엽 냄새를 느꼈다. 아멜리아는 점차 생기를 되찾았다. 두 사람은 팔짱을 끼고 아스팔트 위를 경쾌하게 걸으며 웃었다.

"우린 미친 거야, 이런 날에는 연인들도 언덕에 안 가는데."

고급차 한 대가 그들 곁을 스쳐 지나가더니 서서히 속도를 줄였다.

"저런 차 있으면 좋겠다!" 아멜리아가 말했다.

차 안에서 회색 옷을 입은 팔이 그들에게 손짓했다. "태워다 드릴까요?" 운전자가 가까이 오며 말했다. 그는 달콤한 표정을 짓고 있었다.

"탈까, 아멜리아?" 지니아가 웃으며 속삭였다.

"차라리 이렇게 말해. 이 차는 우리를 악마의 집까지 데려간 다음, 결국 제 발로 걸어가게 만들 거라고." 아멜리아가 대답했다.

그들이 걸어가자 운전자는 같은 속도로 따라오며 쓸데없는 말을 늘어놓고 경적을 울렸다.

"난 탈 거야. 괜찮지? 신발 버리는 것 보단 낫잖아." 아멜리아가 말했다.

"금발 아가씨는 왜 안 와?" 남자가 차에서 내리며 말했다. 마흔쯤 되어 보이는 비쩍 마른 남자였다.

그들은 차에 올랐다. 아멜리아는 가운데에 앉고 지니아는 문 쪽에 바짝 붙어 앉았다. 깡마른 남자는 운전대 아래로 몸을 비집고 들어가더니 아멜리아 어깨에 팔을 두르며 가까이 다가왔다. 그 뼈마디가 드러난 거무스름한 손이 귀 근처에 다가오자 지니아는 마음속으로 생각했다.

'내게 손가락이라도 대면 손을 물어버릴 거야.'

그러나 차는 바로 출발했다. 관자놀이에 흉터가 선명한 남자는 운전에 집중하고 있었다. 지니아는 창문에 뺨을 대고, 귀도가 없는 일주일 동안 이렇게 여행이나 다닐 수 있으면 좋겠다고 생각했다.

하지만 그녀의 꿈은 갑자기 끝났다. 차는 공터에서 속도를 줄이며 멈췄다. 더 이상 아름다운 녹색의 나무들은 보이지 않았고, 안개와 전신주로 가득한 허허로운 공간뿐이었다. 언덕 비탈은 민둥산처럼 보였다.

"여기서 내릴래?" 남자가 달콤한 표정을 유지하며 물었다.

지니아가 말했다.

"그럼, 둘이서 카페로 가요. 나는 걸어 갈게요."

아멜리아가 눈을 부릅떴다.

"미쳤어!" 남자가 외쳤다.

"난 걸어갈게요." 지니아가 다시 말했다. "당신들 둘이면 충분하잖아."

"멍청이!" 아멜리아가 차에서 내리며 속삭였다. "저 사람, 말만 하는 게 아니라 진짜 돈을 내 줄 걸 모르겠어?"

하지만 지니아는 고개를 돌려 말했다.

"정말 고마워요. 제 친구를 꼭 집까지 데려다 주세요!"

도로에 다다르자 그녀는 안개의 고요 속에서 엔진 소리가 다시 나는지 잠시 귀를 기울였다. 그리곤 혼자 피식 웃으며 내려가기 시작했다.

'오, 귀도. 나를 용서해.' 그녀는 언덕을 바라보고 전원의 차가운 공기를 호흡했다. 귀도 역시 벌거벗은 땅, 자신의 언덕에 있을 것이다. 아니면 집에서 벽난로 옆에 앉아 작업실에서처럼 담배를 피우며 몸을 녹이고 있겠지.

그녀는 멈춰 섰다. 커튼 뒤 작은 구석, 어둡고 따스했던 그 공간이 다시 떠올랐다.

"귀도, 돌아와 줘." 그녀는 주머니 속에서 주먹을 꽉 쥐며 중얼거렸다.

곧 집에 도착했지만, 젖은 머리카락과 물에 젖은 스타킹으로 인한 피로감이 그녀를 덮쳤다. 그녀는 신발을 벗고 따뜻한 침대 위에 누워 귀도와 마음속으로 대화를 나누었다. 그 멋진 차를 떠올리기도 했다. 아멜리아 때문에 즐거워했고, 마치 그 남자를 전에 만난 적이 있는 것처럼 상상했다.

세베리노가 돌아오자, 지니아는 부티크 일이 지겹다고 말했다. "그럼 일을 바꿔 봐." 그는 무심하게 말했다. "그래도 내 식사는 챙겨 주길 바라. 더 편한 시간대의 일자리를 찾아봐."

"해야 할 일이 너무 많아."

"엄마는 네가 집안일만 해도 충분하다고 늘 말했어. 밖에서 버는 돈도 얼마 안 되니까."

지니아는 소파에서 벌떡 일어났다.

"올해는 아직 엄마 묘지에도 안 갔잖아."

"나는 갔어." 세베리노가 말했다.

"거짓말하지 마. 간 적 없는 거 알아."

하지만 지니아는 단지 말을 잇기 위해 그런 소리를 했다. 적은 돈이나마 벌지 않는다면, 그녀가 입을 옷도, 설거지할 때 손을 보호할 고무장갑도 살 수 없었다. 향수, 모자, 크림, 귀도에게 줄 선물도 영원히 그녀의 손 닿지 않는 곳에 있게 된다. 그럼 아마도 로사처럼 노동자가 되었을 것이다.

그녀에게 부족한 건 시간이었다. 이른 아침부터 할 수 있는 일이 필요했다.

생각해 보면 일하는 것은 나름대로 좋은 점이 있었다. 귀도가 없는 나날 동안, 집에만 있거나 하루 종일 배회하며 머리를 싸매고 고민하는 대신 무엇을 할 수 있었을까? 어쨌든 그녀는 다음 날 부티크로 갔고, 하루가 그렇게 지나갔다. 그녀는 서둘러 귀가해 세베리노를 위해 정성스러운 저녁을 준비했다. 며칠 동안은 그를 잘 대접하기로 마음먹었다. 나중에는 정말로 끼니를 거르게 될 테니까.

아멜리아는 나타나지 않았다. 몇 번이나 지니아는 저녁에 외출하려 하다가 스스로 세운 약속을 상기하며 집에 머물렀다. 그리고 아멜리아가 찾아와 주길 바랐다.

한번은 로사가 찾아왔다. 그녀는 드레스를 만든다며 견본을 보여 주려 했지만 지니아는 대화를 이어가기가 어려웠다. 그들은 피노 이야기를 했지만, 로사는 애인이 바뀌었다는 사실을 털어놓지 않았다. 대신 죽도록 지루하다며 이렇게 덧붙였다.

"결혼하면 다 끝이지 뭐."

지니아는 계속 귀도를 생각하는 탓에 잠을 제대로 이루지 못했다. 때때로 그가 돌아와야 한다는 걸 잊은 것 같아 화가 나기도 했다. '월요일엔 올까?' 그녀는 생각했다. '어쩌면 안 올지도 몰라.'

그녀는 특히 루이사를 증오했다. 루이사는 그저 귀도의 여동생일 뿐인데 하루 종일 그를 볼 수 있는 특권을 누리고 있으니까. 지니아는 답답한 마음에 귀도의 작업실에 가서 로드리게스에게 귀도가 약속을 지킬지 물어볼까도 생각했다. 하지만 결국 카페로 갔고, 거기서 아멜리아를 만났다.

"일요일은 어땠어?" 그녀가 물었다. 담배를 피우며 아멜리아는 웃음기 없이 천천히 말했다.

"좋았어."

"그가 집까지 데려다 줬어?"

"그럼."

잠시 후 아멜리아가 물었다. "왜 도망쳤어?"

"그 사람이 화냈어?"

"천만에." 아멜리아가 그녀를 빤히 쳐다보며 말했다. "그저 '재치 있는 아가씨네'라고 말했을 뿐이야. 왜 도망친 거야?"

지니아는 얼굴이 붉어졌다.

"그 사탕발림하는 남자가 우습게 보여서 그랬어."

"멍청이." 아멜리아가 쏘아붙였다.

"로드리게스는?"

"방금 갔어."

그들은 함께 집으로 걸어갔다. 아멜리아가 말했다.

"오늘 밤 내가 널 보러 갈게."

그날 밤엔 둘 다 외출 이야기를 꺼내지 않았다. 설거지를 마친 지니아는 소파에 길게 누워 있는 아멜리아 곁에 가 앉았.

두 사람은 잠시 침묵했다. 그러다 아멜리아가 쉰 목소리로 속삭였다.

"재치 있는 꼬마 아가씨!" 지니아는 고개를 저으며 시선을 돌렸다. 아멜리아는 팔을 뻗어 그녀의 머리를 쓰다듬었다.

"날 내버려 둬." 지니아가 말했다. 아멜리아는 크게 한숨을 쉬며 팔꿈치로 몸을 일으켰다.
 "난 너에게 반했어." 그녀가 거친 목소리로 말했다.
 지니아는 고개를 홱 돌려 그녀를 바라보았다.
 "하지만 너에게 키스할 수는 없어. 나 매독에 걸렸어."

13

"그게 뭔지 알아?"

지니아는 말없이 눈빛으로 수긍했다.

"하지만 난 몰랐어."

"그럼 누가 말해 줬어?"

아멜리아는 목이 메인 듯 말했다. "내 목소리에서 안 느껴졌어?"

"그건 담배 때문 아냐?"

"나도 그렇게 생각했지." 아멜리아가 말했.

"그런데 지난 일요일에 만난 그 멋진 사람이 실은 의사였어. 봐!"

그녀는 블라우스를 열어 가슴 한 쪽을 드러냈다. 지니아가 말했다.

"난 못 믿겠어."

아멜리아는 손가락 사이에 가슴을 끼운 채 눈을 들어 지니아를 바라봤다.

"그럼 여기에 키스해 줘." 그녀가 낮게 말했다. "여기가 염증 난 데야."

둘은 잠시 서로를 응시했다. 그러다 지니아가 눈을 감고 가슴 쪽으로 몸을 숙였다.

"안 돼!" 아멜리아가 소리쳤다. "내가 이미 너에게 한 번 키스했잖아."

지니아는 온몸에 땀이 나는 걸 느꼈다. 바보 같은 미소를 지은 채 얼굴은 타오르듯 빨갛게 달아올랐다.

아멜리아는 말없이 그녀를 바라봤다.

"바보구나." 마침내 아멜리아가 말했다.

"지금 넌 다정하지. 그런데 귀도에게 빠지면 넌 더 이상 내게 아무 관심도 없어져."

그녀는 앙상한 손으로 블라우스를 다시 채웠다. "솔직히 말해 봐. 넌 이제 나 같은 건 아무 관심도 없잖아."

지니아는 뭐라고 대답해야 할지 몰랐다. 그녀 자신도 스스로의 이런 행동을 이해하지 못했다. 하지만 아멜리아가 자신을 몰아붙이고 날을 세우는 것이 마음 한편에선 오히려 기뻤다. 그녀가 늘 하던 누드나 포즈 같은 말들을 이제는 이해했기 때문이다. 지니아는 아멜리아가 마음을 털어 놓도록 내버려두면서도, 어린 시절 목욕하며 난로 옆 의자에서 옷을 벗을 때 느꼈던 메스꺼움이 은근하게 올라오는 것을 느꼈다.

그러다 아멜리아가 혈액을 보면 그 병을 알 수 있다고 말했을 때, 지니아는 겁이 났다.

"그걸 어떻게 아는 거야?" 그녀가 물었다.

아멜리아는 말없이 있을 때보다 이야기할 때 그나마 덜 절망적이었다. 주사기로 팔에서 새까만 피를 뽑고 난 후 옷을 벗기고 추운 곳에 30분 이상 세워 둔다고 했다. 의사는 늘 화를 냈으며, 병원에 가둬버리겠다고 협박한다고 했다.

"그럴 순 없어."

지니아가 말했다.

"넌 너무 순진해."

아멜리아가 말했다.

"마음만 먹으면 의사는 날 감옥에 보낼 수도 있어. 넌 매독이 어떤 건지 몰라."

"근데 어디서 걸렸어?"

아멜리아가 애매하게 시선을 돌리며 말했다.

"사랑을 나누면 걸리는 거야"

"근데 둘 중 하나가 그 병을 갖고 있어야 하지 않아?"

"맞아."

아멜리아가 대답했다.

그때 지니아는 귀도가 떠올라 말을 잇지 못할 만큼 얼굴이 창백해졌다. 아멜리아는 앉은 채로 블라우스 속 자신의 가슴을 움켜쥐고 있었다. 베일 달린 모자도 없이, 절망에 휩싸인 그녀는 더 이상 예전의 아멜리아가 아니었다. 그녀는 가끔 잇몸을 훤히 드러내며 이를 악물었다. 몸에 뿌린 향수도 그녀를 달랠 수 없었다.

"네가 로드리게스를 봤어야 해."

갑자기 그녀가 쉰 목소리로 말했다. "그 병에 걸리면 눈 멀고 딱지투성이가 되어 죽는다고 떠들던 사람이 그 사람이야. 그런데 정작 본인은 목덜미까지 하얗게 질렸지."

아멜리아가 침을 뱉을 듯 얼굴을 찡그렸다.

"항상 그렇게 돼. 정작 그는 아무 일도 없잖아."

지니아가 그가 정말로 괜찮은 건지 다급히 묻는 바람에 아멜리아는 잠시 이야기를 중단했다.

"진정해. 그 사람은 피검사 했어. 그런 녀석들은 낯가죽이 두꺼워. 너, 귀도 걱정하는 거야?"

지니아는 억지로 미소 지으며 눈을 깜박였다. 아멜리아는 영겁처럼 긴 침묵 끝에 불쑥 말했다.

"귀도는 나한테 손도 대지 않았어. 안심해."

그제야 지니아는 행복해졌다. 너무 행복해서 아멜리아 어깨에 손을 올렸다. 아멜리아가 얼굴을 찡그렸다.

"날 만지는 게 무섭지 않아?"

"우리 사랑 같은 거 나누는 사이 아니잖아."

지니아가 더듬거리며 말했다.

두근거리던 심장은 조금씩 가라앉았다. 아멜리아는 귀도와 단 한 번의 입맞춤조차 해 본 적이 없다고 했다. 사람은 모든 이와 사랑을 나눌 수는 없으며, 귀도를 좋아하기는 해도 너희 둘 다 금발인데 네가 왜 금발을 매력적으로 느끼는지 이해하지 못한다고 했다.

지니아는 또다시 온몸이 뜨거워졌고, 완전히 행복했다.

"하지만 로드리게스가 안 걸렸으면 너도 안 걸렸다는 뜻이잖아. 검사가 잘못된 거지."

지니아가 말했다.

아멜리아가 조심스런 눈빛으로 지니아를 보았다.

"무슨 생각을 했던 거야? 그 사람이 나한테 옮긴 줄 안거야?"

"난 모르지."

"그가 어린애보다도 더 겁먹기는 했는데…. 근데 그는 아니야. 하지만 하느님은 벌을 주셨지. 내게 이런 선물을 준 그 여자는 나보다 더 상태가 안 좋아. 그 여잔 아직 그걸 모르고 있지만, 결국엔 실명하게 될 거야."

"여자였구나." 지니아가 중얼거렸다.

"두 달 넘었어. 이 자국이 그 여자가 준 선물이야." 그녀는 블라우스를 만지작거렸다.

 지니아는 밤새 아멜리아를 위로하려 애쓰면서도 가까이 가지 않으려 조심했다. 두 사람이 팔짱 낀 것 이상은 한 적이 없다고 생각하며 용기를 냈다. 게다가 아멜리아도 "매독은 혈액을 통해 전염되기 때문에 상처가 있어야 감염돼"라고 했었다.
 지니아는 확신했지만 감히 말하지는 못했다. 이런 일은 아멜리아가 죄를 지었을 때 일어나는 것이라고. 그러나 지니아는 생각을 중단했다. 그렇게 생각하면 모든 이가 아파야 할 터였다.
 그 대신, 지니아는 계단을 내려오며 그 여자에게 복수해서는 안 된다고 말했다. 그 여자가 몰랐으면 그녀를 탓할 수 없다고.
 하지만 아멜리아는 계단에서 멈춰 서서 지니아의 말을 잘랐다.
 "그럼 그 여자에게 꽃다발이라도 보낼까?"
 둘은 다음 날 카페에서 만나기로 약속했다. 지니아는 가슴이 두근거렸고, 그녀가 멀어지는 모습을 바라보았다.

지니아는 다음 날까지 견딜 수가 없었다. 동이 트기 한 시간 전, 아직 가로등이 켜져 있을 때 그녀는 집을 나서 서둘러 작업실로 향했다. 로드리게스가 자고 있을 터라 선뜻 올라가지 못하고 추위에 떨면서 그가 몸을 뒤척이는 소리를 들을 때까지 서성였다.

잠시 후 그녀는 몸을 떨며, 뛰어올라가 문을 두드렸다.

잠옷 차림의 로드리게스가 졸린 눈으로 그녀를 쳐다보았다. 그는 방으로 뛰어 들어가 침대 가장자리에 앉았다. 여전히 모든 것이 지저분했고, 조명은 눈부셨다.

지니아가 더듬거리며 입을 열자, 로드리게스는 발목을 긁으며 의사에게 다녀왔냐고 물었다. 두 사람은 아멜리아 얘기를 시작했다. 지니아는 목소리를 떨면서 이야기를 했고, 더러운 그의 발을 보지 않으려 시선을 돌렸다.

"다시 잘 테야. 너무 추워."

그는 이불을 머리끝까지 뒤집어쓰면서 몸을 돌렸다.

지니아가 여전히 떨리는 목소리로 아멜리아에게 키스를 받았다고 말하자, 그는 어둠 속에서 팔꿈치에 몸을 기댄 채 웃기 시작했다.

"그러니까 우린 동료군. 단지 키스만 받았어?"

"응, 혹시 위험한 거야?"

"어떤 키스였는데?"

지니아는 그 말이 무슨 뜻인지 몰랐다. 그러자 그가 설명해 주었고, 지니아는 여자끼리 단순한 키스였다고 맹세했다.

"순진한 장난이네, 걱정 마." 로드리게스가 말했다.

커튼 앞에 선 지니아의 시선은 탁자 위 더러운 유리잔과 오렌지 껍질에 머물렀다.

"귀도는 언제 돌아와?" 그녀가 물었다.

"월요일에."

그는 유리잔을 가리키며 말했다. "저거 보여? 저게 바로 정물화야."

지니아는 미소 지으며 옆으로 비켜섰다.

"여기 침대에 앉아, 지니아."

"난 가서 일해야 해."

그러나 로드리게스는 그녀가 잠을 깨워 놓고는 인사도 하지 않는다며 불평했다.

"위험에서 벗어난 걸 축하해야지." 그가 말했다.

지니아는 활짝 젖혀진 커튼 아래, 침대 가장자리에 조심스럽게 앉았다.

"아멜리아가 걱정돼." 그녀가 말했다. "불쌍한 아멜리아. 걘 절망하고 있어. 정말 눈 멀게 되는 거야?"

"당연히 아니지."

로드리게스가 말했다.

"낫는다니까. 온몸에 주사를 놓고 피부도 조금씩 도려내. 조만간 그 의사 친구가 결국 또 그녀와 잠자리까지 할 걸? 내 말을 믿어."

지니아가 웃지 않으려 애쓰자 그가 말을 이었다.

"그가 너희 둘 모두를 데리고 언덕에 갔지?"

그렇게 말하면서, 그는 고양이 등을 쓰다듬듯 그녀의 손을 어루만졌다.

"손이 꽁꽁 얼었네."

그가 다시 말했다. "왜 와서 좀 녹이지 않아?"

그는 지니아의 목덜미에 키스를 했다. 그녀는 거부하지 못했다.

"그만해."

지니아는 얼굴이 새빨개져 자리에서 벌떡 일어나 도망치듯 나가버렸다.

14

 그날 저녁, 로드리게스도 카페에 와서 지니아 옆에 있는 테이블에 앉았다.
 "목소리는 어때?"
 심각하지도, 그렇다고 웃는 것도 아닌 표정으로 그가 물었다.
 지니아는 아멜리아를 위로하려 애쓰는 중이었고, 조용히 있는 것이 좋았다. 그들은 로드리게스에게 거의 눈길도 주지 않았다.
 아멜리아도 말없이 앉아 있었다. 그녀가 시간을 물어보려던 참에 로드리게스가 아멜리아에게 비꼬듯 말했다.
 "브라보! 이렇게 하면 미성년자를 꼬실 수 있구만?"
 아멜리아는 그 말뜻을 즉시 알아채지 못했고, 지니아는 황급히 눈을 감았다. 눈을 떴을 때, 아멜리아의 날카로운 목소리가 들렸다.
 "이 바보가 너한테 무슨 얘길 한 거야?"
 하지만 로드리게스는 다행히도 아멜리아에게 이렇게 말했다.
 "오늘 아침에 네 소식을 듣기 위해 날 깨우러 왔더라고."

"시간이 남아 도나 봐?" 아멜리아가 말했다.

그 후 며칠 동안 지니아는 귀도가 당연히 돌아올 것이라 믿으며 최대한 차분하게 굴었다.

그리고 로드리게스를 만나러 갔다. 두려운 기억이 있기 때문에 더 이상 작업실에는 가지 않았다. 게다가 로드리게스는 잠꾸러기였다. 대신 그가 늘 식사하던, 귀도도 아마 드나들었을 작은 식당으로 그를 만나러 갔다. 그 식당은 트램이 지나다니는 길가에 있었고, 그녀는 잠시 머물며 인사도 하고 새로운 소식이 있는지 물었다. 지니아는 아멜리아처럼 그에게 장난을 걸었다. 하지만 이제 로드리게스도 그녀의 마음을 알았기 때문에 더 이상 그녀에게 추파를 던지지 않았다. 둘은 일요일에 귀도를 맞이할 준비로 작업실 청소를 하기로 약속했다.

"우리 매독 환자들은 말이지." 로드리게스가 말했다 "아무것도 신경 안 써!"

그러나 아멜리아는 작업실에 더 이상 가지 않았다. 지니아는 토요일 오후에 그녀와 함께 있었고, 병원에도 동행했다. 두 사람은 문 앞에서 망설이며 서 있었고, 마침내 아멜리아가 말했다.

"올라가지 마. 너도 뭔가 병에 걸리면 어떡해." 그리고는 계단을 달려 올라가며 "잘 있어, 지니아!"라고 외쳤다. 처음엔 쾌

활하게 따라 나섰던 지니아는 집으로 돌아오는 내내 우울했다. 스물네 시간 안에 귀도를 볼 수 있다는 생각조차 그녀를 위로하지 못했다.

 그 일요일도 마치 꿈처럼 지나갔다. 지니아는 오후 내내 작업실에 머물며, 먼지를 쓸고, 닦고, 정리했다. 로드리게스는 전혀 성가시게 굴지 않았고, 오히려 버려진 종잇조각과 과일 껍질 더미를 함께 내다 버리는 걸 도왔다. 그들은 벽난로 위에 쌓인 책 먼지를 털어내고 책꽂이로 쓰는 상자위에 올려놓았다. 지니아는 붓을 씻다가 잠시 멈춰서 숨을 고르며 테레빈유 냄새를 맡았다. 귀도가 마치 그곳에 있는 듯했다. 그녀는 로드리게스가 이해할 수 없는 미소를 지었다.
"그 새끼는 진짜 운 좋은 놈이야."
 청소를 끝낸 지니아가 커튼 뒤에서 수건을 들고 나오자 로드리게스가 말했다.
"이런 건 꿈도 못 꿨을 텐데."
 그들은 벽난로 곁에서 차를 마시며, 책 밑에서 발견한 귀도의 드로잉들을 구경했다. 풍경화와 노인의 초상화 한 점뿐이어서 지니아는 실망했다.
"잠깐만."

로드리게스가 말했다. "네가 찾는 게 뭔지 알겠어."

잠시 후 여자 그림들이 나왔다. 마치 패션 일러스트 같았다. 지니아는 웃음을 터뜨렸다. 두 해 전 유행했던 옷차림이었다. 그 다음엔 여성 누드화들이 나왔고, 이어서 남성 누드도 있었다. 로드리게스가 몸을 앞으로 기울이자 지니아는 황급히 고개를 돌렸다. 마지막으로, 옷을 입은 젊은 여인의 초상이 나왔다. 각진 얼굴형에 전형적인 시골 처녀의 머리와 어깨였다.

"누구야?"

지니아가 물었다.

"아마도 그의 여동생이겠지."

"루이사?"

"모르겠어."

지니아는 그 크고 둥근 눈과 미묘한 입술을 유심히 보았다. 아무도 닮지 않았다.

"아름다워."

그녀가 말했다.

"화가들이 흔히 그리곤 하는 활기 없는 얼굴이 아니야."

"그건 걔한테나 말하라고."

로드리게스가 대꾸했다. "난 좀 빼 줘."

지니아는 너무 행복한 상태였다. 만약 로드리게스가 그걸 알았다면 그녀에게 키스했을지도 모른다. 하지만 그는 소파에 기대 우울한 표정을 지었다. 창문 사이로 희미한 햇살이 스며들지 않았다면 지니아는 그를 귀도로 착각하고 쓰다듬었을 것이다. 그녀는 귀도를 떠올리기 위해 눈을 감았다.

"여긴 정말 아름다워."

그녀가 힘주어 말했다. 그리고 다시, 내일 귀도가 정확히 몇 시에 도착하는지 물었다. 하지만 로드리게스는 귀도가 틀림없이 자전거를 타고 돌아올 거라고 대답했다.

그들은 귀도의 고향에 관해 이야기했다. 로드리게스는 그곳에 가본 적도 없으면서 그 마을들이 돼지우리와 닭장뿐이며, 계절 탓에 길이 몹시 험해 귀도가 돌아오지 못할 수도 있다며 장난을 쳤다. 지니아는 입을 삐죽 내밀며 그만하라고 했다.

둘은 함께 밖으로 나왔고, 로드리게스는 담뱃재를 흘리지 않겠다고 약속했다.

"오늘 밤은 벤치에서 잘 거야. 어때?"

그들은 웃으며 문을 나섰다. 지니아는 트램에 올라 아멜리아와 드로잉 속 소녀들을 떠올렸다. 그리고 그들과 자신을 비교했다. 아멜리아와 함께 언덕에 올라갔던 일이 바로 어제처럼 느껴졌다. 이제 귀도가 돌아올 것이다.

다음 날, 지니아는 극도의 불안 속에 깨어났다. 순식간에 정오가 되어 있었다. 귀도가 도착하면 카페에서 만나기로 로드리게스와 약속을 해 두었다. 그녀는 몰래 카페를 지나가며 창문 너머로 바에 있는 두 사람을 보았다. 우비를 입은 귀도는 야윈 모습이었다. 그는 한쪽 발을 금속 받침대에 올린 채 서 있었다. 그가 혼자 있었다면 지니아는 그를 알아보지 못했을 것이다. 오픈한 우비 사이로 회색 넥타이가 보였는데 그녀가 선물한 것은 아니었다. 평상복을 입은 귀도는 더 이상 어린 청년이 아니었다.

귀도와 로드리게스는 대화하며 웃고 있었다. 지니아는 생각했다.

'아멜리아가 있었으면 좋았을 텐데, 그녀를 만나러 온 거라고 둘러댈 수 있었을 텐데.' 자신이 그의 작업실을 청소했었다는 사실을 떠올리며, 그녀는 안으로 들어가기로 결심했다.

그녀는 출입구에 들어섰고, 귀도가 그녀를 발견했다. 지니아는 마치 우연히 들른 듯 걸어갔다. 귀도는 지금껏 느낀 적 없는 불편함을 그녀에게 안겼다. 오가는 손님들 사이에서 그는 그녀에게 손을 내민 채 로드리게스를 바라보며 계속 이야기를 나누었다.

두 사람은 거의 아무 말도 나누지 못했다. 누군가 그를 기다리고 있었기 때문에 귀도는 그녀보다 더 서둘렀다. 그는 미소를 지으며 그녀에게 말했다.

"괜찮아?"

그리고 문가에서 소리쳤다. "그럼 안녕히 계세요!"

지니아는 바보처럼 웃으며 전차를 타러 갔다. 갑자기 누군가가 팔을 잡았다. 귀도의 목소리가 속삭이듯 들려왔다.

"지네타!"

그들은 걸음을 멈췄다. 지니아의 눈에 눈물이 고였다.

"어디 가?"

"집에."

"내게 작별인사도 없이?"

귀도가 팔을 꽉 잡고 눈으로 그녀를 바라보았다.

"오, 귀도." 지니아가 말했다. "난 오직 너만을 기다리고 있었어."

그들은 말없이 인도를 걸었다. 귀도가 말했다.

"나 이제 집에 갈게. 나를 만나러 올 때 제발 부탁이니 울지 마"

"오늘 밤에 만나?"

"그래, 오늘 밤."

그날 저녁, 지니아는 귀도를 위해 몸을 씻었다. 그를 생각하자 다리가 후들거리는 듯했다.

계단을 오르는 발걸음은 겁에 질려 있었다. 그녀는 문 앞에서 귀를 대고 안에서 들리는 소리를 들었다. 불은 켜져 있었지만 대화 소리는 들리지 않았다. 예전처럼 기침을 했지만 아무 반응도 없었다.

결국 지니아는 노크하기로 마음먹었다.

15

 귀도가 웃으며 문을 열자 방 뒤쪽에서 여자 목소리가 들려왔다.
"누구야?"
 귀도는 손을 내밀며 들어오라고 했다. 커튼 옆 희미한 빛 속에서 한 소녀가 우비를 걸치고 있었다. 모자도 쓰지 않은 그녀는 마치 이 집 주인인 양 지니아를 위아래로 훑어보았다.
"내 동료야." 귀도가 말했다. "이름은 지니아."
 소녀는 창가로 가서 입술을 깨물며 더러워진 유리창에 비친 자신의 모습을 살폈다. 아멜리아와 비슷한 걸음걸이였다. 지니아는 그녀와 귀도를 번갈아 바라보았다.
"자, 지니아." 귀도가 말했다.
 소녀는 마침내 떠났지만, 나가기 전 문 앞에서 마지막으로 지니아를 또 한 번 훑어보았다.
 문이 쾅 닫히고, 발걸음 소리는 점점 멀어져 갔다.
"모델이야." 귀도가 말했다.

 그날 밤, 그들은 램프를 켜둔 채 소파에 앉아 있었다. 지니아는 더 이상 숨고 싶지 않았다. 난로를 소파 가장자리로 옮겼지만 여전히 추웠다. 귀도가 잠시 그녀를 바라보자, 지니아는 다시 담요 속으로 들어갔다. 가장 가슴 뛰었던 것은 그와 꼭 껴안고 누운 채 이것이 진짜 사랑이라고 생각하는 것이었다.

귀도는 벌거벗은 채 와인을 가지러 갔다가 춥다며 황급히 돌아왔다. 그들은 잔을 난로 위에 올려 데웠다.

귀도에게 와인 냄새가 났지만 지니아는 그의 따뜻한 살 냄새가 더 좋았다. 그의 가슴은 곱슬거리는 털로 덮여 있었고 그 털이 그녀의 뺨을 간지럽혔다. 벗고 있는 동안, 지니아는 귀도의 금발과 자신의 머리색을 비교하며 부끄러움과 동시에 만족스러움을 느꼈다. 그녀가 귓속말로 "널 보면 부끄러워져"라고 하자, 귀도는 굳이 볼 필요 없다고 대답했다.

담요 속에서 껴안고 있다가 그들은 비로소 아멜리아 이야기를 꺼냈다. 지니아는 어떤 여자 때문에 아멜리아가 그렇게 된 거라고 말했다.

"아멜리아 스스로 자초한 일이야." 귀도가 말했다. "이런 건 장난으로 넘길 일이 아니지."

"네게 와인 향이 나." 지니아가 낮은 목소리로 말했다.

"침대에서 맡을 수 있는 가장 좋은 냄새 아냐?" 귀도가 반박했다. 지니아는 손으로 그의 입을 막았다.

그들은 불을 끄고 조용히 누웠다. 지니아는 흐릿하게 천장을 응시하며 수많은 생각에 잠겼고, 귀도는 그녀 위에서 거칠게 숨을 헐떡이고 있었다. 창가 너머로 희미한 불빛들이 보였다. 와인과 따뜻한 숨 냄새가 귀도의 고향을 떠올리게 했다.

그러다 그녀는 자신의 가녀린 몸이 귀도 마음에 들지 않을까 걱정했다. 귀도가 날씬한 갈색머리 미인인 아멜리아를 더 좋아하는 건 아닐까. 귀도는 말없이 그녀의 온몸에 키스를 했다.

잠시 후 지니아는 귀도가 잠든 것을 느꼈고, 서로 꼭 껴안은 채로는 잠들 수 없다는 생각에 조심스레 몸을 떼어내 서늘한 곳으로 자리를 옮겼다. 벌거벗은 그녀는 외롭고 불안했다. 어릴 적 목욕할 때 느꼈던 것과 같은 몸서리와 함께 고통이 그녀를 엄습했다. 귀도가 왜 자신과 잠자리를 가지는지 자문해보았다.

그리고 다음 날을, 그녀가 기다렸던 그 모든 날들을 생각했다. 그녀의 눈에 눈물이 가득 차올랐다. 그녀는 들키지 않기 위해 몰래, 숨죽여 울었다.

그들은 어둠 속에서 다시 옷을 입었다. 지니아가 갑자기 물었다.

"그 모델은 누구였어?"

"내가 돌아왔다는 얘기를 듣고 찾아온 불쌍한 애야."
"예쁘지?"
 지니아가 물었다.
"너도 봤잖아."
"이렇게 추운데 어떻게 포즈를 취할 수 있지?"
"여자들은 추위를 못 참더라." 귀도가 말했다. "원래 벌거벗도록 태어났으면서."
"난 못해"
"하지만 오늘 밤은 벗고 있었잖아!"
 귀도가 그녀를 바라보았다. 그녀는 그의 웃는 얼굴을 볼 수 있었다.
"행복해?" 그가 물었다. 그들은 소파에 나란히 앉았다. 지니아는 그의 눈을 보지 않으려고 그의 어깨에 머리를 기댔다. "난 두려워. 네가 날 사랑하지 않을까 봐." 그녀가 말했다.

 그들은 차를 끓이고, 귀도는 앉아 담배를 피웠다. 지니아는 방 안을 천천히 거닐었다.
"네가 원히는 대로 하게 놔 두거야. 오늘 밤은 로드리게스까지 밖에 내보냈어."
"곧 돌아오려나?" 지니아가 물었다.

"그는 열쇠가 없어. 내가 내려가 열어 줘야 해."

그들은 문 앞에서 헤어졌다. 지니아는 로드리게스를 피하고 싶었다. 전차에 오른 그녀는 아무 생각 없이 멍한 기분으로 집에 돌아왔다.

그녀는 진짜 연인의 삶을 시작한 기분이었다. 귀도와 서로 벌거벗고 만난 이후부터 모든 것이 달라 보이기 시작했다. 마치 결혼한 기분이 들었다. 혼자 있을 때조차 그의 눈, 그의 시선을 떠올리면 외로움이 사라졌다.

'이게 결혼이란 걸까?'

엄마도 그랬을지가 궁금했다. 세상의 다른 여자들이 이런 용기를 냈다는 게 믿기 어려웠다. 어떤 여자도, 어떤 소녀도, 자신이 귀도의 몸을 본 것처럼 벌거벗은 남자를 본 적이 없을 것 같았다. 그런 일은 인생에서 오직 한 번만 있다고들 하니까. 하지만 지니아는 바보가 아니었다. 여자들 모두가 그렇게 말한다는 걸 알고 있었다. 자살하고 싶다고 했던 로사도 그랬다. 다만 로사는 들판에서 사랑을 나눴고, 귀도와 이야기를 나누며 교감하는 기쁨 같은 건 몰랐다.

하지만 들판에서도 귀도와 사랑했으면 좋았을 텐데. 지니아는 그런 생각을 했다. 그녀는 아무것도 할 수 없게 만드는 눈과 추위를 저주했고, 기쁨에 취한 채 다음 여름을 생각했다. 내년 여름엔 언덕으로 가리라, 밤에 산책을 하고, 창문을 활짝 열어 두리라. 귀도는 말했다.

"시골에 있는 내 모습을 봐야 해. 그곳이 아니면 그림을 못 그리겠어. 어떤 여자도 언덕만큼 아름답진 않아."

귀도가 모델을 구하지 않아서 지니아는 행복했다. 그는 방 전체를 둘러싸는 그림을 그릴 계획이었다. 벽이 열린 듯 사방에서 언덕과 맑은 하늘이 보이는 그림. 그는 군대에 있을 때 그런 구상을 했고, 지금은 종이 조각들을 가지고 시도 중이었다. 붓으로 칠도 해 보고 있지만 아직 시험작일 뿐이었다.

어느 날 그는 지니아에게 말했다. "네 초상화를 그리기엔 난 아직 널 잘 모르는 것 같아. 조금 더 기다리자."

로드리게스는 거의 모습을 드러내지 않았다. 지니아가 저녁 전에 작업실에 도착하면, 그는 이미 카페에 가 있었다. 대신 귀도와 저녁을 보내기 위해 다른 사람들이 왔다. 여자들도 있었다. 한번은 담배꽁초에 립스틱이 묻어 있는 것을 지니아가 보았다. 그래서 귀도를 기쁘게 하려고 이렇게 말했다. 자기가 귀도를 방해하는 것 같고 이런 사람들이 신경 쓰인다고. 혼자 있고 내가 보고 싶을 때 문을 활짝 열어 두라고.

"언제든 갈게, 귀도. 하지만 너도 너만의 사생활이 있다는 걸 알아. 우리 둘이 만날 때는 둘만 있으면 좋겠어. 내가 널 지겹게 만드는 건 원치 않아."

그런 말을 하는 건 그의 품에 안기는 기쁨에 버금가는 쾌감이었다. 하지만 처음으로 문이 닫혀 있는 것을 보았을 때, 그녀는 참지 못하고 긴장한 채 노크했다.

아멜리아는 가끔 점심을 먹고 지니아 집에 와 피곤한 얼굴과 퀭한 눈으로 앉았다. 그들은 곧 함께 외출을 했다. 지니아는 아멜리아가 침대에 앉을 시간을 주기 싫어서 바로 나갔다. 둘은 새벽 세 시까지 동네를 걸었다.

아멜리아는 거리낌 없이 바에 들어가 커피를 마시고 잔에 립스틱 자국을 남겼다. 창백해 보이지 않으려고 립스틱을 짙게 발랐다. 지니아가 컵 때문에 다른 사람이 감염될까 걱정하자 아멜리아는 어깨를 으쓱하며 말했다.

"씻잖아, 뭔 생각을 하는 거니? 세상엔 나 같은 사람이 얼마나 많은데. 다만 모를 뿐이지."

"아무튼 훨씬 나아졌어." 지니아가 말했다. "목소리가 덜 쉰 것 같아."

"그래 보여?" 아멜리아가 대답했다.

그들은 다른 이야기는 하지 않았다. 지니아는 묻고 싶은 게 많았지만 감히 묻지 못했다. 로드리게스를 잠시 언급했을 때 아멜리아는 얼굴이 굳으며 말했다.

"걔네 둘은 신경 쓰지 마."

어느 날 저녁, 아멜리아가 집에 들렀다.

"오늘 저녁에 귀도 만나러 가?"

"모르겠어." 지니아가 답했다. "손님이 있을지도 몰라."

"넌 왜 걔한테 나쁜 습관을 만들어 준 거니? 바보야, 그렇게 남자한테 순종적이면 넌 절대 어떤 계획도 못 세우게 돼."

길을 가면서 지니아가 말했다. "로드리게스랑 싸운 줄 알았어."

"그 새끼는 여전해." 아멜리아가 말했다. "걔가 말 안해? 내가 걔 살려 줬는데!"

"아니? 그는 네가 의사랑 자려고 핑계 댄 거래."

아멜리아가 씁쓸하게 웃었다. 작업실 건물 앞에 도착했을 때, 지니아는 위층 창문에 불빛이 켜져 있는 걸 보고 절망했다. 방금 전까지도 귀도가 없기를 바라고 있었기 때문이다. "아무도 없는 것 같아." 그녀가 말했다. "가지 말자."

하지만 아멜리아는 굳게 결심한 듯 문을 열었다.

그들은 벽난로에 불을 붙이고 있는 귀도와 로드리게스를 발견했다. 아멜리아가 먼저 들어갔고, 지니아가 뒤따랐다. 그녀는 애써 미소를 지었다.

"와, 이게 누구야!" 귀도가 말했다.

16

 지니아는 방해가 된 건 아니냐고 물었다. 귀도는 잠깐 동안 의미를 알 수 없는 이상한 표정을 지었다. 그녀는 혼란스러웠다. 벽난로 근처에는 장작 더미가 쌓여 있었다. 아멜리아는 소파로 가 춥다고 말하며 조용히 앉았다.
 "혈액순환 문제겠지." 로드리게스가 벽난로 옆에서 투덜거렸다.
 지니아는 오늘 저녁 누가 오는지 궁금했다. 장작까지 땐 걸 보니 평소와 달랐다. 어제만 해도 장작은 있지도 않았으니까. 잠시 아무도 말이 없었고, 그녀는 아멜리아의 뻔뻔함이 부끄러웠다.
 장작이 제대로 타오르자 귀도는 몸을 돌리지 않은 채 로드리게스에게 말했다.
 "넌 늘 이렇게 여자를 끌어당기지."
 아멜리아가 웃음이 터졌고, 로드리게스도 쓴웃음을 지었다. 그러고 나서 귀도가 일어나 불을 껐다. 작업실은 춤추는 그림자들이 가득한 또 다른 공간이 되었다
 "우리끼리는 늘 그대로지. 우린 늘 한패야." 아멜리아가 소파에 앉아 말했다. "정말 행복해."

"구운 밤만 있으면 되겠다." 귀도가 말했다. "와인은 여기 있지."

지니아는 기쁜 마음으로 모자를 벗으며, 길모퉁이에 있는 할머니가 군밤을 판다고 알렸다.

"이제 로드리게스가 다녀올 차례야." 아멜리아가 말했다.

하지만 지니아는 그들이 더 이상 기분 나빠하지 않는 것이 기뻐서 재빨리 계단을 내려갔다. 할머니가 없었으므로 그녀는 잠시 추위 속을 떠돌았다. 아멜리아라면 누구를 위해서 그런 일은 하지 않았을 거라고 생각했다. 지친 상태로 돌아온 지니아는 흔들리는 그림자 사이로 예전처럼 소파 옆 아멜리아 발치에 웅크린 로드리게스의 모습을 보았다. 아멜리아는 등을 기대고 누워 있었고, 그 모습은 옛날과 똑같았다. 귀도는 붉은 그림자 속에서 서서 담배를 피우며 이야기를 하고 있었다.

그들은 이미 잔을 채워 두었고, 그림에 대해 이야기했다. 귀도는 언덕을 그리겠다고 했다. 그는 언덕을 태양을 향해 가슴을 드러내고 누운 여자처럼 그려서 여성의 맛과 향을 담고 싶어 했다. 로드리게스는 말했다.

"그런 건 이미 다 그려졌어. 바꿔. 그건 다른 사람들이 다 했다고."

그들은 군밤을 까먹고 껍질을 불에 던지면서 실제로 그런 그림이 있었는지 논쟁을 이어갔다. 아멜리아는 껍질을 바닥에 버렸다.

 귀도는 말을 이어갔다. "하지만 두 가지를 결합한 그림은 없어. 난 무채색의 하늘을 배경으로 내 여자를 땅 위에 펼쳐 언덕처럼 그릴 거야."

 "그럼 상징적인 그림이네. 언덕 빼고 여자만 그려." 로드리게스가 딱 잘라 말했다. 처음엔 잘 몰랐지만, 알고 보니 아멜리아가 귀도를 위해 모델을 자청했고 귀도도 거절하지 않았다.

 "이 추운 날씨에?" 지니아가 물었다. 그들은 그녀의 말을 무시하고, 햇볕과 난로 열기를 동시에 받으려면 소파를 어디에 놓을지 논의했다.

 "근데 아멜리아는 몸이 안 좋은데." 지니아가 말했다.

 "그게 뭐 어쨌다고!" 아멜리아가 발끈했다. "움직이지 않는 게 내 직업이야."

 "도덕적인 그림이 될 거야." 로드리게스가 말했다. "아마도 가장 도덕적인 그림이 될걸!"

 그들은 이제 웃으며 온갖 농담을 주고받았다. 아멜리아는 그동안은 조심하는 차원에서 술을 거절했지만 이제는 한 잔 달라고 했고, 비누와 물로 잔을 씻으면 안전하다고 했다. 자신은 집에서도 그렇게 한다며, 의사에게 받는 치료와 주사 이야기를 귀도에게 전하며 농담했다. 그녀는 피부가 건강하니 걱정할 필요 없다고 말했다. 지니아는 복수심에 불타서 물었다. "가슴에 아직도 염증이 남아있어?" 아멜리아는 화를 내며 맞받아쳤다. "네 가슴보다 훨씬 낫거든!"

귀도가 끼어들며 말했다. "그럼 한번 보자!" 그들은 눈빛을 주고받으며 웃었다.

아멜리아는 블라우스 단추를 풀고 브래지어를 벗은 다음, 가슴을 두 손으로 받쳐 보였다. 불이 켜졌다. 지니아는 슬쩍 바라보았지만 아멜리아의 눈, 의기양양함과 사악함이 뒤섞인 눈길을 피할 수는 없었다.

"이제 네 차례야." 로드리게스가 말했다. 하지만 지니아는 고개를 저었다. 고통스러웠다. 귀도의 시선을 피하려 바닥만 쳐다보았다. 시간이 흘렀고, 귀도는 아무 말도 하지 않았다.

"자, 어서!" 로드리게스가 재촉했다. "네 가슴에 건배하자!"

귀도는 여전히 침묵했다. 지니아는 벽난로 쪽으로 몸을 돌렸다. 그들이 '바보'라고 말하는 소리가 들렸다.

다음 날 지니아는 출근을 했다. 아멜리아가 귀도와 함께 벌거벗은 채로 함께 있을 것을 알았다. 어느 순간, 그녀는 죽을 것 같은 기분이 들었다. 귀도가 아멜리아를 계속 바라보는 모습이 머릿속을 떠나지 않았다. 로드리게스도 함께 있기를 기도할 수밖에 없었다.

오후에 고객에게 청구서를 전하러 간다는 핑계로 빠져나와 작업실로 달려가 문 앞에 서서 귀를 기울여 보았다. 조용했다. 그녀는 한결 차분해진 마음으로 아래층으로 내려갔다.

저녁 일곱 시에 그들은 모두 카페에 모여 있었다. 귀도는 그녀가 선물한 넥타이를 매고 멋지게 차려 입었다. 아멜리아는 담배를 피우며 이야기를 듣고 있었다. 그들은 지니아를 어린 아이 대하듯 하며 앉으라고 했다. 옛날 이야기를 나누는 동안 아멜리아는 화가 친구들 이야기를 들려주었다.

"넌 무슨 얘기를 들려줄 거야?" 로드리게스가 속삭였다. 지니아는 고개도 돌리지 않고 말했다.

"참견 좀 하지 마."

그들은 아케이드로 내려가 잠시 산책했다. 지니아가 귀도에게 저녁 식사 후 만날 수 있는지 물었다. "작업실에 로드리게스가 있을 거야." 귀도가 말했다. 지니아는 절망적인 눈빛을 보냈다. 그들은 밖에서 잠깐 만나기로 했다.

그날 밤은 눈이 내렸다. 귀도는 카페로 가 펀치 한 잔을 마시자고 제안했다. 그들은 바 카운터에 서서 펀치를 마셨다.

추위에 떨던 지니아가 물었다.

"이렇게 추운데 아멜리아가 어떻게 모델을 할 수 있어?"

"난로 옆은 따뜻해." 귀도가 말했다. "걘 익숙해."

"나라면 못 참을 거야."

"그래서 누가 너 보고 참으래?"

"오, 귀도. 왜 그렇게 말해?" 지니아가 말했다. "난 그냥 아멜리아가 아플 것 같아서 말한 것뿐이야."

그들은 밖으로 나갔고 귀도는 그녀의 팔을 잡았다. 그들의 입술에도, 눈에도, 온통 눈이 내렸다.

"들어 봐." 귀도가 말했다. "난 다 알고 있어. 너도 그런 일에 관계가 있다는 것도. 잘못된 건 아니야. 모든 여자들은 입맞춤을 나누는 걸 좋아하잖아. 그러니까 살던 대로 살자."

"하지만 로드리게스는…." 지니아가 말문을 열었다.

"아니, 너희 모두 다 똑같아. 로드리게스가 모델을 원하는 거면…. 그래, 내일 와. 네 하루 일과를 내가 다 알 필요는 없어."

"하지만 난 로드리게스의 모델이 되고 싶지 않아."

그들은 현관 아래에서 헤어졌다. 지니아는 눈 속을 걸었다. 구걸을 하며 아무 생각 없이 사는 눈먼 사람들을 질투하면서.

다음 날 열 시, 그녀는 급히 작업실로 달려갔다. 문 앞에서 귀도에게 말했다.

"나 일 그만뒀어."

"지니아야." 귀도가 방에 대고 말했다. 지붕 위에는 눈이 쌓여 있었다. 아멜리아는 누드 상태로 소파에 앉아 있었다. 그 소파는 불을 지핀 난로 앞에 길게 놓여 있었다. 그녀는 어깨를 움츠리고 문을 닫아 달라고 부탁했다.

"우릴 보러 오고 싶었구나." 귀도가 이젤 쪽을 향해 말했다. "우리 둘 중 누굴 질투하는 거야?"

지니아는 기분이 상해 난로 곁에 웅크렸다. 아멜리아를 보지도, 귀도에게 가지도 않았다.

귀도는 장작을 올려 불이 더 타오르도록 만들었다. 그 불은 정말로 벌거벗고 있어도 될 만큼 눈부시게 열을 발산했다. 그는 지나가며 손바닥으로 아멜리아 입술을 가볍게 스쳤고, 지니아가 고개를 돌려 바라보자 아멜리아의 무릎을 쓰다듬었다. 마치 불꽃을 만지듯이.

아멜리아는 누운 채 몸을 돌려 열기에 몸을 맡겼고, 귀도가 창가로 돌아가자 속삭이듯 낮고 거친 목소리로 말했다. "날 보러 온 거야?"

"로드리게스 나갔어?" 지니아가 물었다.

귀도가 창가에서 소리쳤다. "무릎 좀 더 들어!"

지니아는 용기를 내 돌아서서, 아멜리아를 질투 섞인 시선으로 바라보았다. 열기가 너무 뜨거워 그녀는 난로에서 떨어져 서 있었다. 귀도는 이젤 앞에 서서 가끔 두 사람을 빠르게 훑어보고는 바로 자신의 스케치북으로 시선을 돌렸다. 마침내 귀도가 말했다.

"옷 입어, 다 그렸어."

아멜리아는 웃으며 일어나 코트를 어깨에 걸쳤다.

"완성!"

지니아는 조심스레 이젤 앞으로 다가갔다. 귀도는 긴 종이 위에 목탄으로 아멜리아의 몸 윤곽을 그려 놓았다. 어떤 선은 단순했고, 때로는 얽히기도 했다. 아멜리아가 마치 물처럼 흘러 종이 위에 펼쳐진 듯했다.

"마음에 들어?" 귀도가 물었다. 지니아는 고개를 끄덕이며 아멜리아를 알아보려 애썼다. 귀도는 웃음을 터뜨렸다.

그러자 지니아는 두근거리며 말을 꺼냈다.

"나도 그려 줘!"

귀도가 눈을 들어 그녀를 바라보며 말했다.

"모델이 되고 싶은 거야? 벌거벗고?"

지니아가 아멜리아 쪽을 보고는 고개를 끄덕였다.

"응."

"들었지? 지니아가 누드 모델을 하고 싶대!" 귀도가 소리쳤다. 아멜리아는 대답 대신 소리내 웃었다. 그녀는 소파에서 급히 일어나 코트로 몸을 감싸며 커튼 쪽으로 달려갔다.

"넌 난로 근처에서 옷 벗어. 난 여기서 옷 입을게."

지니아는 지붕 위의 눈을 마지막으로 바라보며 더듬거리며 말했다.

"나 정말 옷을 벗어야 해?"

"빨리 그냥 해!" 귀도가 말했다. "우리가 낯선 사이도 아니잖아."

지니아는 난로 옆에서 천천히 옷을 벗었다. 마음은 격렬하게 뛰고 온몸이 떨렸지만, 아멜리아가 다른 데서 옷을 갈아입어서 자신을 보지 못하는 것이 다행이었다.

귀도는 이젤에서 종이를 빼내고 다른 종이를 고정했다. 지니아는 소파 위에 옷을 벗어 하나씩 내려놓았다. 그가 다가와 장작에 불을 더 지피며 말했다. "서둘러, 안 그러면 장작을 다 써버리겠어!"

"용기 내!" 커튼 뒤에서 아멜리아가 외쳤다.

지니아가 옷을 다 벗자 귀도는 전전히 그녀를 살폈다. 옷 읽는 맑은 눈빛이었다. 그는 그녀의 손을 잡고 다른 손으로 담요의 끄트머리를 바닥에 던졌다.

"거기 서서 난로 쪽을 봐. 서 있는 모습으로 그릴 거야."

지니아는 불꽃을 응시하며 아멜리아가 벌써 나갔는지 궁금해했다. 열기는 그녀의 피부를 금색으로 물들이며 그녀를 깨물었다. 이제는 고개를 돌리지 않고도 곁눈질로 지붕 위의 눈을 볼 수 있었다.

"손으로 몸을 가리지 마. 발코니를 향해 손을 뻗는 것처럼 팔을 올려."

귀도의 목소리가 들려왔다.

17

지니아는 미소를 머금은 채 불꽃을 응시했다. 등줄기를 타고 전율이 흘렀다. 아멜리아의 가벼운 발소리가 들리는가 싶더니, 창가 옆 귀도가 서 있는 근처에서 벨트를 매고 있는 그녀가 보였다. 아멜리아는 그녀를 쳐다보지도 않고 미소를 짓고 있었다.

그런데 소파 근처에서 또 다른 발소리가 들렸다. 지니아가 팔을 내리려던 순간이었다.

"자연스럽게 있어." 귀도가 말했다.

"얼굴이 심하게 창백하다. 우리 생각은 잊어버려." 아멜리아가 덧붙였다.

그 순간 지니아는 무슨 일이 벌어지고 있는지 깨달았다. 그녀는 두려움에 사로잡혀 몸을 돌릴 수 없었다. 그동안 커튼 뒤에 로드리게스가 있었던 것이다. 그는 이제 방 한가운데서 자신을 지켜보고 있었다. 그의 숨소리까지 들리는 듯했다.

그녀는 얼어붙은 사람처럼 불꽃만 바라보며 온몸을 떨었다. 하지만 차마 돌아보지는 못했다.

오랜 침묵이 흘렀다. 그 정적 속에서 손을 움식이는 사람은 귀도뿐이었다.

"추워."

지니아가 마른 입술로 겨우 내뱉었다.

"돌아서서 재킷을 걸치고 옷 입어."

귀도가 마침내 말했다.

"불쌍한 것." 아멜리아가 말했다.

지니아는 재빨리 돌아섰고, 입을 벌리고 서 있는 로드리게스를 보았다.

그녀는 옷가지를 들어 몸을 가렸다. 한쪽 무릎을 소파에 괴고 몸을 굽힌 로드리게스는 물고기처럼 "오" 소리를 내며 얼굴을 찡그렸다

"나쁘지 않군." 그는 평소 목소리로 말했다.

모두가 웃었다. 다들 그녀를 달래려 애쓸 때 지니아는 맨발로 커튼 쪽으로 달려가 필사적으로 옷을 걸쳤다. 아무도 따라오지 않았다.

급한 나머지 속옷 끈을 뜯어 버렸다. 어스름한 빛 속에서 엉망인 침대 시트가 그녀를 혐오스럽게 했다. 밖은 고요했다.

"지니아." 아멜리아가 커튼 곁에서 조심스레 말했다. "들어가도 될까?"

지니아는 커튼을 꼭 쥐고 아무 말도 하지 않았다.

"걔를 내버려 둬."

귀도의 목소리가 들렸다.

"좀 멍청하잖아."

지니아는 커튼에 매달려 조용히 울기 시작했다. 귀도가 잠들어 있던 그날 밤처럼, 깊고 쓰라리게 울었다. 마치 귀도와 함께한 모든 순간이 눈물뿐인 것 같았다. 그녀는 잠시 울음을 멈추고 "왜 다들 안 나가는 거야?"라며 중얼거렸다. 신발과 스타킹을 소파 옆에 두고 왔다.

오랜 시간 울고 난 뒤, 그녀는 완전히 멍해졌다. 그때 갑자기 커튼이 젖혀졌고 로드리게스가 그녀에게 신발을 내밀었다. 지니아는 말없이 신발을 받아들었다. 그의 얼굴과 작업실이 어렴풋이 눈에 들어왔다. 그제야 그녀는 자신이 너무 겁에 질린 듯 행동해서 이제 모두가 더 이상 웃지 않는다는 것을 깨달았다. 로드리게스는 커튼 앞에 멈춰 서 있었다.

갑자기 귀도가 와서 그녀에게 무자비하게 창피를 줄까 봐 두려웠다.

'귀도는 시골 사람이라 나를 함부로 대할 거야. 웃음에 동참하지 않았다고 내가 무슨 죄를 지은 건 아니잖아.'

그렇게 생각하며 그녀는 신발과 스타킹을 신었다.

그녀는 로드리게스는 물론 그 자리에 있던 누구에게도 눈길을 주지 않은 채 나왔다. 그녀가 본 건 이젤 뒤로 보이는 귀도의 머리와 지붕 위에 쌓인 눈뿐이었다. 아멜리아가 소파에서 일어나 웃었다. 지니아는 소파 위에 놓인 코트를 낚아채고 다른 손으로 모자를 들고서 문을 열고 도망쳤다.

눈 속에 홀로 남은 그녀는 여전히 벌거벗은 기분이었다. 거리는 텅 비었고 어디로 가야 할지 몰랐다. 그 시간에 작업실에 나타나도 누구도 놀라지 않았던 건, 자신이 그들에게 중요한 사람이 아니었기 때문이었다.

지니아는 문득, 자신이 원했던 여름은 결코 오지 않으리라는 생각에서 위안을 얻었다. 이제 자신은 혼자고 다시는 누구와도 말을 나누지 않을 테니까. 하루 종일 일만 할 것이고 비체 부인도 흡족해할 것이다.

날이 환하게 밝자, 그녀는 로드리게스가 가장 잘못이 없는 사람임을 깨달았다. 그는 늘 정오까지 잠을 자던 사람이고 다른 이들이 그의 잠을 깨웠으니 그가 그렇게 쳐다본 것도 이상하지 않았다. '아멜리아 같은 몸매였다면 난 모두를 놀라게 했겠지. 그 대신 나는 울기만 했어.' 그 장면을 떠올리는 것만으로도 눈물이 다시 흘러내렸다. 하지만 지니아는 완전히 절망할 수가 없었다. 멍청한 건 바로 그녀 자신이었음을 이해했기에.

그녀는 아침 내내 자살을 생각하거나 최소한 폐렴에 걸리기를 바랐다. 그럼 그건 모두의 잘못이 될 거고 그들은 양심의 가책을 느낄 테니까. 하지만 자살할 가치는 없었다. 성숙한 여자처럼 행동하고 싶었지만 실패했다. 그건 마치 사치스러운 상점에 발을 들였다가 쫓겨났다고 자살을 하는 것과 같다고나 할까? 바보짓을 했으면 그냥 집으로 돌아가야 하는 법이다. "난 그냥 불행한 여자야." 그녀는 벽을 따라 걸으며 혼잣말을 했다.

그날 오후, 비체 부인이 그녀를 보자마자 소리쳤다. "아이고, 요즘 젊은 것들 사는 꼴이란. 꼭 임신한 여자 같은 얼굴을 하고서." 그녀는 그날 아침 열이 났다고 말했고, 고통이 겉으로 드러나는 게 은근히 기뻤다. 하지만 집에 돌아와서는 계단에서 화장을 좀 고쳤다. 세베리노 보기가 부끄러웠기 때문이다.

그날 저녁에 그녀는 로사, 아멜리아, 심지어는 로드리게스까지 기다렸다. 누가 오든 문을 쾅 닫아버릴 작정이었다. 아무도 오지 않았다.

세베리노는 그녀를 놀리려 구멍 난 양말 한 켤레를 탁자 위에 던지며 물었다.

"내가 맨발로 다니길 원하는 거야? 누가 너랑 결혼하면 큰일 나겠다." 그가 말했다. "엄마가 여기 있었어 봐."

지니아는 충혈된 눈을 하고는 말했다.

"결혼하느니 차라리 죽을래."

그녀는 설거지를 하지 않았다. 대신 문 앞에서 무언가를 기다렸다. 그 후 창문을 보지 않고 부엌으로 갔다. 눈 덮인 지붕을 보고 싶지 않았다. 지니아는 세베리노의 주머니에서 담배 한 갑을 발견해 한 개비를 꺼내 피웠다. 이젠 피울 수 있겠다고 생각했다. 그녀는 소파에 몸을 던지며 열이 오른 사람처럼 거칠게 숨을 몰아 쉬었다. 그리고 내일부터 담배를 피우기로 결심했다.

이제 모든 일을 급하게 해치울 필요가 없음에 위안과 동시에 화가 났다. 이미 일을 빨리 처리하는 법을 배웠기에 남는 시간이 너무 많아져 생각만 늘었기 때문이다. 흡연도 별 도움이 되지 않았다. 누군가가 자신이 담배 피우는 모습을 보기를 바랐는데, 이제 로사조차 찾아오지 않았다.

가장 끔찍한 때는 세베리노가 외출한 저녁이었다. 지니아는 외출도 하지 않고 누군가를 기다리고 또 기다렸다.

어느 날, 침대에 들기 위해 옷을 벗는데 애무하는 듯한 전율이 찾아왔다. 지니아는 거울 앞에 서서 자신을 두려움 없이 바라보았다. 두 팔을 머리 위로 올리고 천천히 몸을 돌렸다. 심장이 빠르게 뛰었다.

'지금 귀도가 들어온다면 뭐라고 할까?' 그녀는 자문했지만, 알고 있었다. 귀도는, 자신은 안중에도 없다는 걸.

"우린 작별 인사조차 나누지 못했어."

그녀는 더듬거리며, 옷을 벗은 채로 울고 싶지 않아서 침대로 뛰어들었다.

가끔 지니아는 길에서 걸음을 멈추곤 했다. 거리에서 불현듯 여름 저녁의 냄새가 스쳤다. 빛깔과 소리와 플라타너스 나무 그림자가 눈과 진흙 속에서 되살아났다. 그녀는 모퉁이마다 서서, 목구멍을 죄어오는 그리움을 느꼈다. '여름은 반드시 오겠지. 계절은 변함없이 돌아오니까.' 하지만 이제 홀로 남은 그녀는 그마저도 믿기 어려웠다.

'난 이제 늙어버렸어. 모든 아름다움은 다 지나갔다고.'

어느 저녁, 그녀는 서둘러 집으로 돌아오다가 문 앞에서 아멜리아와 마주쳤다. 뜻밖의 만남이라 제대로 인사조차 하지 않았다. 지니아는 멈춰 섰다. 베일을 쓰고 잘 차려입은 아멜리아는 누군가를 기다리는 듯 서성거렸다.

"뭐 하고 있어?"

"로사를 기다리는 중이야."

아멜리아가 쉰 목소리로 대답했다.

두 사람은 서로를 바라보았다. 지니아는 얼굴을 찡그리며 급히 계단으로 올라갔다.

"오늘 밤 기분이 왜 그래?" 세베리노가 입에 음식을 문 채 물었다. "누가 너한테 뭐라고 했어?"

혼자가 되자, 지니아는 정말로 절망하기 시작했다. 눈물도 말라버렸다. 미친 사람처럼 방 안을 돌아다니다 소파에 몸을 던졌다.

그러나 그날 밤, 아멜리아가 찾아왔다. 문이 열렸을 때 지니아는 믿기지 않았다. 하지만 아멜리아는 아무 일 없다는 듯 세베리노가 있냐고 물었다. 그러고는 소파에 앉았다.

지니아는 담배를 피우는 것도 잊었다. 천천히, 그저 말을 하기 위해 그들은 그날 있었던 일들을 이야기했다. 아멜리아는 모자를 벗은 채 다리를 꼬고 앉았고, 어두운 램프 옆에 기대어 있던 지니아는 그녀의 얼굴을 볼 수 없었다.

추위 얘기가 나왔고, 아멜리아가 말했다.

"오늘 아침엔 진짜 죽는 줄 알았어."

"아직 치료받고 있어?" 지니아가 물었다.

"왜, 나아진 것처럼 보여?"

"잘 모르겠어."

아멜리아는 담배를 달라고 했다. 탁자 위에 담배 한 갑이 있었다. 지니아가 말했다.

"나도 이제 피워."

불을 붙이며 아멜리아가 물었다. "이제 좀 나아졌니?"

지니아는 얼굴을 붉혔고, 아무 대답도 하지 못했다. 아멜리아는 담배를 보며 말했다.

"그럴 줄 알았어."

"거기서 오는 길이야?" 지니아가 말을 더듬었다.

"그게 뭐가 중요해?" 아멜리아가 꼬았던 다리를 풀고 일어서며 말했다.

"영화나 보러 갈래?"

담배를 피우며 아멜리아는 웃었다. "로드리게스는 네가 맘에 드나 봐. 그는 내가 널 좋아하냐고 물어보더라. 이제 귀도가 그를 질투해."

지니아가 억지 미소를 짓는 동안 아멜리아는 말했다.

"기분이 좋아. 봄이 되면 나을 거야. 의사 친구가 제때 손을 써줬거든. 들어봐, 지니아. 요즘 영화는 특별한 게 없어."

"그럼 네가 가고 싶은 곳으로 가자."
지니아가 말했다.
"네가 나 좀 데려가 줘."

옮긴이의 말

'그 시절의 삶은, 마치 끝도 없는 축제 같았다'

그랬다.
끝도 없이 길게만 느꼈던, 그럼에도 강렬하지 않았던 순간이 단 1초도 없었던 어린 날들이 내게도 있었다. 이 소설을 번역하기 전까지 그 사실을 까마득히 잊고 살았다.

아름다운 여름에 시작된 소녀 지니아의 첫사랑이 가을을 지나 겨울이 되어 일단락되었을 때, 주인공 지니아는 '그런 여름은 다시는 오지 않을 것'이라고 생각했다. 사랑은 언제나 불청객처럼 불쑥 다시 찾아온다는 점에서 이 말은 틀리고, 첫사랑과 똑같은 사랑은 다시 오지 않는다는 측면에서 이 말은 맞다.

이 소설을 읽는 누군가는 그때 그 기억에 이불킥을 할 수도, 누군가는 그리움에 사무칠 수도, 그리고 누군가는 조용히 한 잔 와인을 따를지도 모르겠다. 나는 와인을 따라 마시며 번역할 수 밖에 없었다.

첫사랑의 찬란하고도 강렬한 감정을 여름에 비유했던 체사레 파베세는 '아름다운 여름'이 이탈리아 최고 문학상인 '스트레가' 상을 받은 해인 1950년, 이 소설의 제목처럼 아름다운 여름인 그 해 8월에 토리노의 한 호텔에서 자살했다. 그의 나이 42세였다.

번역하는 기간 내내, 고독과 절망과 사랑과 좌절을 주로 이야기했던 체사레 파베세에게 젊은 날의 강렬한 첫사랑은 어떤 의미일지 생각했다. 사랑은 현실을 살아가게 하는 가냘픈 동아줄 같은 것이었을까? 어쩌면 그를 빌어 나 스스로에게 한 질문일 지도 모르겠다. 그보다 더 살아온 나는 사랑에서 그보다 더 나아가긴 한 걸까? 그런 게 과연 가능하긴 한 걸까? 이것 역시 그가 마지막으로 세상 사람들에게 던진 선물같은 질문일 터이다.

'그가 태어나 시인을 꿈꾸었던 곳, 그 집까지 이어지는 길고 흰 길을 달려갔다'

체사레 파베세가 태어난 지역인 이탈리아 산토 스테파노 벨보(Santo Stefano Belbo), 그곳 생가 흉상에 새겨진 그의 문장이다.

아직도 의문이다.
무슨 남자가 소녀의 심리를 이렇게 잘 묘사할 수 있을까.

옮긴이 **이열**

나무 사진가. 충남 공주에서 태어나 수안보에서 어린 시절을 보냈다. 초등학교 때 서울로 이주하여 중앙대학교 예술대학 사진학과를 졸업하였다. 졸업 후 객석 사진기자를 하다 인물과 패션 사진을 공부하러 이탈리아로 갔다. 밀라노에 사는 동안 'Car Test', 'AUTO'란 잡지의 특파원을 하며 기사를 쓰고 기행문을 연재하였다. 『세속 도시의 시인들』, 『메르스의 영웅들』 등 몇몇 단행본의 사진 작업을 하였고, 나무에 관한 에세이 『느린 인간』을 글항아리에서 출간하였다. 지금도 세계의 경이로운 나무들 소식을 접할 때면 마치 첫사랑의 순간처럼 가슴이 뛰어 카메라 가방을 꾸려 떠날 채비를 한다.

아름다운 여름

초판 1쇄 2025년 10월 17일
지은이 체사레 파베세
옮긴이 이열
디자인 이지영
펴낸이 박소정
펴낸곳 녹색광선
이메일 camiue76@naver.com
ISBN 979-11-983753-5-3(03880)

이 책에 사용된 사진 중 일부 저작권자를 찾지 못한 도판은 확인하는 대로 통상의 사용료를 지불하겠습니다.